VÉLODRAME

ROBERT VINCENT

VÉLODRAME

© 2025, Robert Vincent
© Couverture : Louise Lissonnet, 2025.
© Logos : Louise Lissonnet, 2021, 2025.
Édition : BoD · Books on Demand,
31 avenue Saint-Rémy, 57600 Forbach, bod@bod.fr
Impression : Libri Plureos GmbH, Friedensallee 273,
22763 Hamburg (Allemagne)
ISBN : 978-2-3225-7468-1
Dépôt légal : mars 2025.

À Greg and The Brees,

Haut les "chœurs", Bas Normands !

Et à nos mères, en souvenir du temps où elles roulaient dans le vent à bicyclette.

Avertissement

Les lieux décrits dans ce roman existent. Mais les évènements qui s'y déroulent et les personnages qu'on y voit à pied, à cheval, à vélo, à vélorail, en voiture ou fourgon, sont les purs produits des élucubrations psychédéliques de l'auteur. Toute ressemblance avec des personnes ou des faits réels ne saurait être qu'accidentelle.

« Moi j'suis un flic littéraire, j'imagine, voilà tout. »

Benoît Sokal, *Canardo, Le caniveau sans lune*, Casterman, 1995.

1

Vole Marcel

— C'est parti ! Greef, Champion, Vogondy, Isasi, Mayoz semblent vouloir lancer la première échappée de cette quatrième étape, ce mercredi 7 juillet, en cette 97e édition de la Grande Boucle.

La voix du journaliste sportif s'égosille dans l'autoradio. Au même moment, Marcel Proust passe par la vitre arrière ouverte du *Scénic* puis tourbillonne à travers l'air chaud comme un oiseau blessé.

— Non ! À la fin, vous abusez, mon commandant !

Le conducteur frappe rageusement le volant, coupe le communiqué cycliste de l'été et écrase la pédale de frein. Les quatre passagers basculent vers l'avant d'un même mouvement brutal. Le lieutenant de police, Victor Étrela, est en colère contre son ex-supérieur : Georges Faidherbe, assis sur la banquette arrière, au milieu. Ce dernier vient de balancer hors du véhicule le premier volume de l'intégrale de *La Recherche du temps perdu* de Marcel Proust, deux mille quatre cents pages, collection Bouquins. Comme ça, parce que l'ex-commandant de police du Havre est devenu imprévisible. Il en avait pourtant conseillé un jour la lecture à Étrela, encore sous le choc d'une affaire sordide, lui disant « Mon garçon, quand tu as fait le trop-plein de viscères, de sang et de vulgarité, lis du Proust. Tu sauras alors que la cruauté et la bêtise humaines peuvent atteindre des sommets d'élégance comme de raffinement.».

Mais l'ex-commissaire a oublié ses conseils. Maintenant, il ne parle plus que par gestes ou grognements.

— De toute façon, on allait s'arrêter au bord du lac, mon chéri. Gare-toi.

La voix sensuelle, un peu rocailleuse est celle de la jolie métisse assise à côté de Victor Étrela. C'est sa femme, Roseline. La petite qui rit aux éclats, derrière elle, sanglée dans son siège comme un cosmonaute s'appelle Olga, leur fille de quatre ans.

— Ne jurez pas en présence de Georges et Olga, Victor ! Je vais le ramasser, votre Proust. Il n'a pas dû avoir bien mal. Arrêtez-vous là.

Assise derrière le conducteur, Mme Ba, une femme noire, ronde, la cinquantaine finissante, tance Étrela. Elle s'en veut un peu d'avoir descendu complètement sa vitre pour prendre l'air. Faidherbe en a profité pour faire une bêtise, une de plus. Elle s'extrait pesamment du véhicule quand elle se retrouve propulsée brutalement en avant. Georges Faidherbe jaillit d'un bond de l'habitacle, passe sur le dos de Mme Ba dont il se sert comme d'un tremplin. Il déboule sur le bitume rose sous sa forme actuelle : un nain roux et velu habillé en vêtements de gamin.

C'était lui, le commandant de police en poste au Havre, le supérieur du lieutenant Étrela, très apprécié, estimé, regretté de tous. D'une certaine manière, une partie de lui-même a disparu sous l'effet d'une métamorphose. Une drogue médicale ingérée à son insu a enclenché un processus de rajeunissement accéléré doublé d'une amnésie progressive. Pour comble, il a dégringolé l'arbre de l'évolution humaine de plusieurs branches jusqu'à l'australopithèque. Le quinquagénaire est devenu un enfant monstrueux d'environ dix ans.

C'est insensé et pourtant, c'est vrai.

Ce bouleversement a interrompu sa carrière de policier. Provisoirement, espèrent les plus optimistes de ses amis. En attendant une amélioration de son état, l'administration a placé le commandant en congé de longue maladie. La médecine patauge à son sujet.

Mme Ba, plus leste qu'il n'y paraît, le rattrape à temps par la ceinture de son pantalon. Il allait plonger dans le lac de Bagnoles-de-l'Orne. Les autres descendent du Scénic.

En voilà une famille bien étrange. Josette Ba, qui n'a pas de lien de parenté avec les Étrela, s'est improvisée éducatrice, nounou et infirmière de son ancien patron, par affection, par fidélité. Elle faisait chez lui des heures de ménage. Le cas paraissait désespéré. Or depuis quelques semaines, l'espoir est revenu : le phénomène régressif paraît stabilisé. Certaines mesures semblent même indiquer que l'enfant repart dans le sens inverse. Faidherbe recommence à marquer de ses mains pleines de peinture les murs de sa chambre par exemple. On le laisse faire. Il remonte l'arbre du temps à son rythme. Il est à Bagnoles en ce début du mois de juillet pour prendre les eaux et reconstituer avec un régime adéquat sa masse corporelle diminuée. Mme Ba en profite pour soigner sa vulnérabilité aux phlébites.

Les Étrela ont de la famille à Bagnoles-de-l'Orne. Par amitié, un grand oncle, ex-chauffagiste à la retraite, et son épouse, Christophe et Marie-Louise Bertot, font bénéficier les deux curistes de leurs facilités sur place. Les Havrais, arrivés depuis le vendredi précédent, passent un séjour aussi agréable que possible. La cure matinale en est l'unique contrainte.

Victor Étrela va ramasser son livre. Le Proust est amoché sur la tranche et rougi par les pétales de géraniums qui jonchent le trottoir sous les réverbères garnis de corbeilles de fleurs. Le policier feuillette le livre. Il manque la partie supérieure d'une page, au milieu. Une ligne du texte a disparu avec le morceau. Étrela n'est pas près d'en arriver là mais c'est vexant. Il relève la tête. La promenade est déserte à cette heure chaude de début d'après-midi. Son Proust volant n'a blessé personne, c'est déjà un miracle.

Un vélo rouge est négligemment posé contre la rambarde donnant sur la Vée qui coule en direction des Thermes. Une ville sûre au moins, où l'on peut encore abandonner son vélo sans risque de se le faire barboter, ça devient rare, pense le policier.

2

Le tour de lac et le pompon

Olga est partie dans l'autre sens, poursuivie par Roseline. Étrela va les retrouver. La petite a repéré un manège qui s'est installé sur l'esplanade face au Café de Paris, au bord du lac. Jeux autorisés. On assied la fillette dans une voiture de pompier car le cygne qu'elle convoitait n'est pas libre. Mme Ba ne laisse pas le petit Georges monter. Sous le coup de sensations trop fortes, la nature primitive de l'enfant le rend parfois ingérable et puis, la brave femme hésite toujours à placer ce physique inquiétant au centre de l'attention. Les curieux s'attroupent alors, ils balancent entre fascination et dégoût. On n'épargne pas à la présumée nounou les réflexions odieuses sur son protégé. Il faut comprendre les gens : se voir bien vivant, comme on était il y a quatre millions d'années mais habillé en gamin moderne, ça secoue plus qu'admirer une mandibule d'*homo erectus* dans une vitrine du Musée de l'Homme. Derrière le banc où se sont assis les adultes, Georges Faidherbe est scotché jusqu'à l'hypnose par le mouvement des nacelles, l'éloignement et le retour périodique d'Olga.

Victor Étrela a rouvert son Proust. Aujourd'hui, c'est décidé, il dépassera la première page. Roseline et Mme Ba ressentent la joie de faire plaisir à Olga mêlée à l'ennui que suscitent à leur âge les révolutions lentes et musicales du manège. Soudain, l'enfant se dresse. Elle attrape le pompon. Elle rit de bonheur. On la félicite tout en soupirant d'avoir à attendre la fin du tour suivant. Changement de nacelle. Victor abandonne sa *Recherche* sur le banc pour installer sa fille sur un Titi gigantesque. Rebelote, Olga s'empare de nouveau du pompon.

C'est à ce moment que Josette Ba se rend compte que son protégé a disparu. Victor Étrela referme son livre, le petit Marcel n'est pas prêt de s'endormir. Panique, branle-bas de combat ! Au Havre, la police municipale a déjà retenu Georges Faidherbe en garde-à-vue après l'avoir soustrait à temps des mains d'un pervers qui pensait le revendre à un cirque. Quelle trouille ! Le petit les a tous mordus avec rage. Le maniaque a été défiguré. On a suggéré au lieutenant une laisse et une muselière pour le tenir en ville, comme s'il s'agissait d'un jeune chimpanzé. La honte ! Les agents n'avaient pas tort pourtant.

Roseline reste avec Olga. Elle retrouvera les deux autres à la voiture où Georges peut s'être rendu. Mme Ba se précipite en direction de la route. La circulation est faible dans la station thermale à cette heure de l'après-midi. L'enfant a pu traverser, sans être renversé ni même remarqué. Il sera allé se perdre en ville.

Victor Étrela prend le sentier qui longe le lac en direction du casino. Aucun mouvement à la surface. Il adopte une foulée régulière, la course risque d'être longue. Georges a parfois des crises de quadrupédie et double alors sa vitesse. Passé le casino, le chemin oblique légèrement vers la droite. Un couple très âgé, fragile comme du papier à cigarettes, se maintient mutuellement, appuyé sur des cannes. Les deux vieillards lui signalent qu'ils ont été frôlés par un galopin affreux. Il a failli les renverser en courant comme un dératé sur ses quatre membres. Les voix sont chevrotantes, le ton aigre. «Il ne s'est même pas excusé, le petit monstre». C'est bien lui. «Il faut surveiller les enfants !» Le lieutenant n'échapperait pas à la leçon sur les parents d'aujourd'hui qui... s'il ne s'élançait déjà en direction de l'embouchure de la rivière qui alimente le plan d'eau. Un coude vers la gauche, une touffe de roseaux. Georges est là. Ce que Victor Étrela aperçoit alors est stupéfiant.

3

Son truc en plumes

La bouche de Faidherbe est ensanglantée. Sa chevelure, son cou, ses mains velues sont piquées de plumes. Autour de lui, des morceaux sanglants d'un oiseau mis en pièces forment un vague cercle. C'était un canard colvert, au vu du plumage et de la tête arrachée qui gisent dans l'herbe. Georges tourne sur lui-même, les yeux révulsés, déchirant à pleines dents un morceau de viande encore emplumé. Il marmotte des sons incompréhensibles. Une bave abondante, rougeâtre, coule sur les poils roux de son menton. Tout son vêtement se macule de sang et de plumettes. Les talons frappent le sol en cadence : il danse ! Victor Étrela est déconcerté. Il craignait de trouver Georges à l'eau, près de se noyer. Il ne s'attendait pas à le voir en pleine transe chamanique. Soudain, l'enfant jette à la rivière le morceau de chair qu'il avait en bouche, son corps se tend, violemment agité de secousses. Il pousse un cri, s'abat et perd connaissance. Lorsque le Samu arrive, il n'a pas repris conscience. On l'emporte vers l'hôpital le plus proche, à La Ferté-Macé.

Mme Ba s'en veut de sa minute d'inattention. Elle raconte en boucle sa recherche désespérée en ville. Elle ne cesse de se reprocher sa distraction. Quand ils sont à l'hôpital, elle s'est calmée. Étrela est obligé de raconter la scène à plusieurs reprises car Mme Ba est arrivée trop tard. Elle n'a découvert Georges que sur le brancard des urgentistes.

Roseline s'est éloignée de la salle d'attente, elle promène Olga. La petite voudrait savoir où est «Geo'ges», comme elle l'appelle, et tire sa mère vers l'intérieur. Elle est fatiguée. Roseline Étrela décide de rentrer rejoindre les deux autres adultes.

— Qu'est-ce qu'il disait à ce moment-là ? demande Josette Ba.

— Des sons inarticulés, des mots inintelligibles, répond Victor Étrela. Je ne sais pas moi, je n'y ai rien compris.

— Vous ne pouvez pas vous souvenir d'une seule syllabe, vous qui avez l'oreille fine ? insiste-t-elle.

C'est le monde à l'envers. L'ex-femme de ménage du commandant Faidherbe prend le ton inquisiteur d'un inspecteur de police.

— J'ai l'impression qu'il répétait «papa».

— Papa comme «son papa» ?

Victor Étrela plisse le front, fouille sa mémoire auditive.

— Oui, mais il y avait d'autres mots, comme «n'est-ce pas» ou «lègue pas». «Papa, lègue pas». C'est ça. Ça ne vous dit rien ?

À ce moment entre Roseline, Olga dans ses bras. La petite a enfoui sa tête contre le cou et la chevelure de sa mère. Mme Étrela saisit les paroles de son mari au vol.

— Papa Olga ? demande-t-elle.

— Non, j'en suis sûr maintenant, « papa » et quelque chose comme « lègue pas ».

— Papa Legba ! s'exclame Roseline. C'est un dieu du vaudou, un dieu du passage entre les vivants et les morts.

Josette Ba blêmit.

— Il s'est passé quelque chose d'affreux à cet endroit-là ! Le gamin l'a senti, geint-elle.

Ils n'ont pas le temps de la rassurer. Un médecin s'approche d'eux.

— Il était moins une. On le sauvera. Ce gosse est bourré de stupéfiants et en pleine *overdose*. Ici, tout le monde est plus ou moins défoncé, au Stilnox, au Xanax, au Voltaren, mais un enfant, shooté à un truc aussi puissant ! Pourquoi ? Parce qu'il est hyperactif ? Incroyable ! Je suis obligé de faire un signalement à la police.

Les femmes craquent après cette révélation incroyable :

— C'est pas possible ! Une overdose ! Georges ! Lui, si petit, si fragile !

Le médecin tourne les talons sans compatir. Il n'a même pas demandé de quelle anomalie génétique l'enfant est atteint. À quoi bon ? Il ne pourrait rien changer à un état pareil. Et puis il a d'autres chats à fouetter aux urgences, encombrées comme c'est devenu l'habitude.

Le lieutenant a le réflexe professionnel. Il appelle le 17, se fait connaître et donne instruction aux gendarmes d'aller recueillir au plus vite la dépouille du canard sur la berge de la rivière, du moins les morceaux restants, et de les envoyer aux services scientifiques.

L'affaire est dans le canard, lui souffle son flair policier

4

En vaudou, en voilà

Dans la voiture, le lieutenant est tracassé par cette histoire de vaudou. Comment et par qui son patron Georges Faidherbe aurait-il été initié durant son enfance ? Il n'a jamais vécu à Haïti.

— Il n'aurait pas eu un ancêtre africain qui lui aurait enseigné les *loas* ? suggère Roseline.

— On a tous un ancêtre africain.

— Je ne te parle pas d'il y a deux cent mille ans ! proteste la jeune métisse. Il est vendéen. Nantes n'est pas loin de sa Vendée natale, or la ville était un centre important du commerce triangulaire au XVIIIe siècle. Certains de mes ancêtres ont été emmenés du golfe de Guinée jusqu'aux Antilles par des armateurs nantais.

— Tu voudrais dire qu'il aurait dans sa lignée directe un trisaïeul venu d'Afrique ?

— Une femme plutôt, crois-moi, comme la grand-mère d'Alexandre Dumas, maîtresse forcée d'un marquis normand. Il est un peu ondulé des cheveux, crépu même, non ?

— Une fille noire rousse, ça existe ? J'aimerais bien te voir comme ça... lance Victor Étrela, le sourire en coin.

Roseline part d'un fou rire, elle le frappe gentiment et l'embrasse, le *Scénic* fait une embardée.

— Idiot, je t'adore.

Olga s'excite aussi à l'arrière et se met à crier à tue-tête :

— Papa idiot, je t'ado'e, je t'ado'e !

— Eh ! Même Olga a l'accent créole !

Le policier entame une chanson de la *Compagnie créole* en faisant des petites embardées avec sa voiture qui font exploser de rire la gamine. Une façon de détendre l'atmosphère après une telle secousse émotionnelle. Mais la joyeuse compagnie ignore qu'elle sera bientôt entraînée au cœur d'une danse bien plus endiablée.

5

Ça fait rire (jaune) les canards

Victor Étrela refait avec Olga un tour du lac avant le repas du soir. Il est allé rechercher son Proust, oublié près du manège l'après-midi. Son livre est là, sur un banc face à l'embarcadère des pédalos. Les premières pages grandes ouvertes avec indécence. Mais retrouvées. Il pose le livre dans le petit panier attaché au guidon du vélo d'Olga. Il faut penser à distraire la fillette de l'incident provoqué par Faidherbe. Victor entend le roulement régulier du pédalier derrière lui qui entraîne sa pensée à rebours, revenant à l'après-midi de folie qu'ils ont vécu la veille. L'épisode du commandant croquant son canard tout cru le chiffonne. Et sa fille est troublée qu'on ait laissé son « Geo'ges » à l'hôpital. Tête baissée, Étrela ne voit pas les promeneurs nombreux à cette heure où l'air est le plus doux. On s'écarte sur leur passage. Étrela fraie la voie à sa fille qui profite de cet espace dans son sillage pour zigzaguer à son aise.

Le lieutenant est soucieux. Il était pourtant rassuré avant le départ du Havre. Georges Faidherbe montrait des signes d'amélioration. D'où cette proposition d'accompagner Mme Ba et Faidherbe aux eaux, dans un endroit « calme et reposant ». C'était l'occasion de passer quelques jours ensemble. Ce retour d'un semblant de langage chez l'enfant récessif, par exemple, c'est plutôt bon, ça prend même forme moderne. Mais cette crise carnassière aussi brutale que soudaine ? Faudrait-il appeler le pédopsychiatre qui le suit à l'hôpital Monod du Havre ? Non, il n'en saura pas plus de toute façon, il n'est que le relais des chercheurs parisiens. Le médecin dira de suivre le « protocole » puisque l'état du « petit » est revenu à la normale –si tant est qu'on puisse parler de « normale »- et qu'il peut s'agir d'un effet secondaire au traitement, ou d'un rebond passager de primitivisme.

Et cette histoire de canard confit de stupéfiant ne laisse pas de l'intriguer. Où cet animal a-t-il trouvé sa dose ? Ici ? À Bagnoles ? Qu'un réseau de trafiquants ait infiltré ce lieu consacré à la santé et à la remise en forme lui paraît dingue.

Tout à ces réflexions, Étrela emprunte le petit pont enjambant la Vée qui alimente le plan d'eau. Il est revenu inconsciemment près de la scène carnassière du commandant. Il s'appuie à la rambarde chargée tout au long de corbeilles de pétunias roses et mauves, côté ville. Le ciel se reflète dans une eau tranquille. Le lac dessine une cuvette aux bords parfaits. À deux cents mètres en face s'étend la cité de Bagnoles, réduite à cette distance à une maquette d'agglomération. Étrela s'amuse à chercher sur quelle maison il faudrait appuyer pour actionner la bonde qui vidangerait le lac : du côté du casino tout blanc à droite ? Trop plat. À gauche, où se dresse une résidence majestueuse avec sa façade crème ponctuée de volets bordeaux ? Non plus, trop large. Il a trouvé : la tourelle à damier blanc et rouge de *La Potinière du Lac*. Cette bâtisse s'élève à l'entrée de la rue des Casinos. En appuyant sur sa toiture en pointe... pfutt ! Vidange... Olga interrompt sa rêverie idiote en tirant sur son tee-shirt. Elle ne voit rien à cause des pétunias qui débordent de leurs corbeilles. Sur la rambarde opposée, pas de fleurs mais de l'animation.

Sous une nuée de moustiques, quatre ados s'affairent sur un pédalo à deux places. Deux garçons à l'arrière s'agitent en mouvements simiesques, sautant sur les flotteurs. L'embarcation abandonnée par les deux jeunes flotte à côté de celle qui vient de s'échouer après le pont, mal dirigée par leurs copines. Les deux filles pédalent en vain au rythme de leurs gloussements. L'embarcation, environnée d'un halo boueux, ne bouge pas. Le mouvement de balancier ne fait que les enfoncer davantage.

Olga lève la tête vers son père. Faut-il rire ou s'inquiéter ? Le lieutenant sourit pour la rassurer. Cette animation joyeuse, un peu hors la loi car ils sont sortis de la zone de navigation, l'amuse.

Trois cygnes se sont approchés de la scène. Ils tendent leurs cous en point d'interrogation vers les remous. Vont-ils écumer la vase goûteuse et riche en nutriments que bat la roue du pédalo ? Pas bêtes, les volatiles. Étrela se distrait à observer l'expression des volatiles, à la fois ahurie et sérieuse, leurs têtes qui pivotent de droite à gauche par saccades. Ces oiseaux sont souvent ombrageux et agressifs. Ils prennent l'expression des grands carnassiers du jurassique, leurs très lointains ancêtres. Manquent des dents acérées et un peu de hauteur sur le monde.

— Coin ! Coin ! crie Olga à leur adresse.

Des sifflements enroués font écho aux cris d'Olga.

— Papa ! Nuls canards comme ça. Même pas faire « coin » ! s'écrie Olga, dépitée.

Un képi vert arrive alors au niveau des adolescents. C'est le garde champêtre. Coup de sifflet rageur. Fin de partie d'aquapédalage hors zone autorisée. Amende assurée. Étrela n'a pas envie d'assister à la verbalisation des quatre jeunes drilles.

— Tu viens, Olga ?

La petite fait la sourde oreille ; elle ne veut pas se décoller de la rambarde.

D'ailleurs, le spectacle du pédalo échoué n'est pas terminé. Dans les remous de l'embarcation, une chose apparaît par à-coups, comme mue par une pompe. Une forme oblongue surmontée d'une boule couverte d'herbes vertes et marron s'élève, propulsée par les secousses. Elle vacille en se redressant au rythme des pédaleuses qui se déchaînent pour prouver leur bonne volonté à l'agent de la force publique et aquatique. Regards étonnés des trois cygnes. Les promeneurs s'arrêtent. Des canards badauds s'approchent.

Soudain, du sommet de la forme, une gangue de boue mêlée d'herbes glisse d'un bloc. Elle découvre un visage humain gonflé comme un poisson-lune, bleui, tuméfié, surmonté d'une coiffure rouge en crête de coq. La bouche est ouverte, tordue de travers avec un rictus asymétrique et figé. On croirait que le cadavre veut s'excuser d'apparaître en cette fin d'après-midi si douce, au bord d'un lac paisible, à des curistes protégés des misères du monde. Un mince jet d'eau jaunâtre sort de la bouche, accompagné d'un couinement de fontaine rouillée et s'en va mouiller la berge. Crachat *post mortem*. Coin-coin des canards, sifflement des cygnes. Les filles pédalent toujours, les garçons dansent sur les flotteurs. Ils n'ont rien vu de ce qui s'est redressé derrière eux. Les spectateurs, eux, hésitent entre horreur et incrédulité.

Le sifflet du garde champêtre souffle maintenant en un râle de pulmonique. Il faut se rendre à l'évidence, à Bagnoles-de-L'Orne, station thermale tranquille, un cadavre de noyé vient, ni plus ni moins, d'émerger derrière un pédalo échoué. La ville est petite, le drame immense.

Étrela dégage vivement Olga des barreaux de la clôture, pousse vite le petit vélo devant lui afin d'éloigner la fillette de cette vision de cauchemar. Le cycle, l'enfant et l'homme zigzaguent, tanguent comme un bateau ivre sur le sentier.

— Quoi, ça, papa ? ne cesse de crier Olga à son père, irritée d'être éloignée de force de cet animal aquatique mystérieux et drôle apparu au bord du lac.

— C'est Toto qu'est tombé à l'eau, bredouille Victor Étrela, sans trouver d'autre explication, lui-même sous le choc.

Le lieutenant de police a reconnu le malheureux à son éternel tee-shirt « *punk's not dead* ». Même tout bouffi, tout bleu, tout boxé, c'est Tom, glandeur et punk bien mort à présent.

Il était aussi le petit-cousin bagnolais d'Étrela.

6

La mère découragée

La nuit a été atroce. Olga s'est réveillée à plusieurs reprises, sans doute travaillée par l'image du Toto meurtri. Roseline et son mari se sont levés à plusieurs reprises pour la calmer. Heureusement, dans l'appartement de l'étage, l'autre chambre est vide. L'hôpital a autorisé Mme Ba à passer la nuit au chevet de son petit Georges. Sur le moment, Étrela a caché la découverte macabre à sa femme. Roseline met les frayeurs nocturnes de la fillette sur le compte de l'absence de Georges auquel Olga s'est attachée. Couronnant le tout, les gémissements de l'enfant ont été accompagnés par les miaulements amoureux des chats du quartier.

Étrela a eu tout loisir de ruminer l'apparition du lac, espérant une coïncidence de tee-shirt et la ressemblance avec un autre type à crête de coq. Or il avait croisé la veille son cousin qui portait ses éternels oripeaux punk. Tom Pouque l'avait salué d'une insulte amicale, « Eh ! Enfoiré ! », levant bien haut sa canette de bière. Accompagné d'Olga, Victor Étrela un peu lâche n'avait pas osé l'approcher. Le cousin semblait complètement démoli par les bières de la journée. Étrela s'était dit qu'il trouverait bien l'occasion d'une approche plus facile, un matin, quand son cousin serait à jeun.

Discrètement, le lieutenant a appelé la gendarmerie à sept heures pendant que Roseline et sa fille récupéraient. On lui a confirmé l'identité du cadavre. C'est bien Tom Pouque, bien connu en ville parmi les rares marginaux. Les gendarmes vont auditionner sa mère en début de matinée. Le policier décide d'assister à l'entretien. Il se prépare un double café à la casserole et au porte-filtre. Il sera moins savoureux qu'à la cafetière italienne mais se fera sans bruit. Il l'avale brûlant puis griffonne à l'attention de Roseline un laconique « Je reviens pour midi ». L'escalier extérieur donne sur le jardin du grand-oncle qui leur prête ce logement. Au rez-de-chaussée, personne n'est encore levé. On dort tranquillement, ignorant que la famille est diminuée d'un membre. Un mouton noir, un chien galeux peut-être, un des leurs malgré tout.

Au moment où le lieutenant arrive chez la tante Nina, la mère de Tom, les gendarmes sont déjà assis à la table de la cuisine, un bol de café brûlant entre les mains. Bref salut à la maréchaussée et quatre boujous à la tante qui s'est levée pour le servir à son tour. Elle se rassoit, dos à la fenêtre face aux gendarmes, Étrela reste debout, appuyé sur un placard de la cuisine aménagée. L'antique buffet blanc art déco de toujours a disparu avec cette dernière acquisition moderne quelques mois avant le décès d'Armand Pouque, le mari de Nina, deux ans plus tôt. Tout le monde est silencieux comme pendant les premières minutes de la collation après un enterrement, quand le chagrin n'arrive à plus sortir mais qu'on ne peut pas décemment rire de se retrouver entre vivants. On n'entend que les gargouillis d'aspiration d'une boisson très chaude roulée dans la bouche pour qu'elle ne brûle pas la langue.

La conversation, interrompue par la cérémonie du café et l'arrivée du petit-neveu policier, reprend :

— L'aviez pas revu depuis quand, vot' gars ? demande le brigadier.

— Cinq ans au moins qu'il n'avait pas mis le pied à la maison. Son père ne voulait pas le voir. Il était venu en cachette, me demander encore des sous, bien sûr. Pas par affection.

Nina Pouque parle avec sécheresse et sans gestes, les mains posées sur la toile cirée. C'est une femme de soixante ans passés, grande, droite, maigre, plate, vêtue d'une blouse de nylon bleu clair à carreaux foncés. La coiffure de ses cheveux gris et raides lui donne un air de Jeanne d'Arc. Une pucelle de combat vieillie, ridée, qui, avec les ans, aurait perdu la foi, l'espérance et la charité.

— Vous le croisiez quelquefois en ville ? continue le militaire.

— On s'évitait. Enfin, moi surtout parce que, quand il m'apercevait, il me criait dessus : « Fous le camp, la vioque ! » Devant tout le monde. Ça fait honte, pas ?

Le second gendarme se retourne vers Étrela pour voir ce qu'il en pense. Le jeune policier acquiesce avec un air peiné.

La femme a un regard perdu vers la porte du four encastré en face d'elle qui fait office de miroir.

— Il était si mignon, petit. Je l'ai gâté. Je ne lui ai jamais rien refusé et, pourtant, il en a fait des caprices. Et puis, un jour, la drogue est arrivée, apportée par des copains venus d'ailleurs. On l'a pas su tout de suite.

— Vous avez des noms ?

— C'est loin, tout ça, il avait seize ans. D'ailleurs, vous le connaissez mieux que moi depuis le temps qu'il fait ses bêtises.

Le gendarme plus jeune jette un bref regard à son supérieur. Peut-il à son tour poser une question. Affirmatif.

— Pourquoi son père ne voulait-il plus le voir ?

— Un jour, Armand a découvert que le petit tapait sa grand-mère, la mère d'Armand.

— Il lui prenait de l'argent ?

— C'est ça. Il lui donnait des coups aussi pour en avoir davantage. Il tapait sa grand-mère, je vous dis. Armand est devenu fou, ils se sont battus ici même dans la cuisine. On ne voit rien car depuis on a tout refait, mais les murs et les meubles étaient marqués. Armand cognait dur et le fils aussi, il avait dix-huit ans et n'était pas encore complètement abîmé par la drogue et l'alcool. Bref, son père l'a mis dehors. Il lui a dit que si Tom retouchait un cheveu à la mémère, il crèverait son fils de ses propres mains.

Nina Pouque raconte cela avec un air lointain comme si l'histoire et ses personnages ne la concernaient pas. Étrela sait que c'est faux, que ce détachement est une façade qui écarte d'elle des raisons de crever de chagrin ou de colère. Le brigadier revient à la charge :

— Vous ne savez donc pas qui il fréquentait plus récemment.

— On m'a parlé d'un certain Gégène. Ça vous dit quelque chose ?

Les deux gendarmes se regardent avec un air entendu.

— Qui c'est « on » ?

— Une personne que je fréquente au cercle de coinchée du mardi après-midi. Madame Dubreuil, plus forte à la manille qu'au crochet. Elle habite dans la rue où Tom a son taudis. Ce Gégène et lui faisaient des noubas jusqu'à pas d'heure. Ça aussi, vous le savez à cause des tapages nocturnes.

— On peut voir sa chambre au garçon ? demande le jeune gendarme.

— Il n'y a plus rien, Armand a tout passé par la fenêtre le jour où Tom est venu demander ses affaires.

— Dans ce cas, nous allons vous laisser. Il se peut qu'on revienne une fois ou deux reposer des questions.

Les gendarmes saluent et sortent. Nina Pouque les a accompagnés à la porte d'entrée au bout du couloir. Elle revient dans la cuisine, se met à débarrasser les bols, puis se tourne vers Étrela.

— Alors, comme ça, c'est toi qui l'as trouvé ?

Et à ce moment, la vieille Jeanne d'Arc se met à ricaner doucement, les yeux dans le vague. Étrela, décontenancé, met cette réaction sur le compte du choc nerveux. Il s'esquive sans un mot. Juste un baiser frôlé sur une joue sèche, une caresse furtive sur un front ridé. La tante Nina lui saisit la main.

— Tu m'enverras la Louison, pas ? Dans l'après-midi. À cette heure, je ne suis pas en état, comme tu vois.

7
La vieille dame a de la sympathie pour les vieux démons

Madame Dubreuil habite plus haut. Étrela emprunte un escalier de traverse. Combien de fois ne l'a-t-il pas monté et dévalé en courant dans de grandes parties de gendarmes et voleurs quand il était enfant ! Il s'arrête devant une maison de briques. Un seul niveau donne sur le boulevard Lemeunier de la Rallière. La modestie apparente de la bâtisse tranche au milieu de ce quartier réputé pour ses villas cossues du XIXe. Il appuie sur un bouton de sonnette moderne juxtaposée à une vieille plaque de métal émaillée bleue où est écrit « Eau de la source Sainte Ursule ».

Ce n'est pas de l'eau qui jaillit de la maison mais une femme d'une soixantaine d'années, rouge, la poitrine opulente et la toilette désordonnée. Quand il s'est présenté, elle se propose, avec un empressement qui intrigue le policier, de l'accompagner jusqu'au pavillon de gardien que Tom occupait. C'est une rue plus haut. Suite à des problèmes d'arthrose aux hanches, Arlette Dubreuil marche lentement, balançant tout son corps de droite à gauche. Les cures n'y ont rien fait. Il a fallu opérer mais la cicatrisation a été rapide par le bienfait des eaux. Le lieutenant se tient un peu à l'écart afin de ne pas être projeté sur la chaussée à chaque pas de la femme. Elle s'arrête plusieurs fois pour souffler.

— Vous les avez vus souvent ensemble, le Tom et le Gégène ? demande le policier.

— Cul et chemise, c'étaient. Des bessons de l'alcool. Ils ne dormaient pas ensemble mais presque. Combien de fois j'ai vu l'Gégène quitter le pavillon complètement soûl à l'aube quand je sors les poubelles !

— Vous savez où il habite ?

— Si vous croyez que je m'intéresse à quelqu'un comme ça ! s'indigne la vieille dame. Y avait assez du fils Pouque dans le voisinage. Vous ne pourrez pas manquer le Gégène si vous le cherchez : un chauve à lunettes, mal rasé, les traits tout gonflés, qui traîne au bord du lac quand il fait beau, à l'intérieur d'un café par temps de pluie.

— Il ne travaille pas ?

— Accident du travail, pensionné à vie avec nos impôts. C'était un employé de banque. Quand son agence était en rénovation, il a trébuché sur la moquette et s'est fracturé le crâne contre le coffre-fort, deux mois de coma et des absences qui l'empêchent de travailler. Moi, je crois que c'est un simulateur, mais bon... Il a touché le pactole. Il le boit.

— Pas de famille ?

— Il n'est pas d'ici. Du Maine, je crois. Il y a des filles pas farouches qui lui tiennent compagnie contre de l'argent. Vous voyez ce que je veux dire, des putes, quoi ! Faut pas être dégoûtée. Et des jeunes encore, je sais même pas si elles sont majeures... Font ça pour des sous, à leur âge ! Y a plus de morale.

Mme Dubreuil s'est arrêtée. Ils y sont.

Le corps principal de la propriété est fermé, quasiment à l'abandon. Le nom de la maison est écrit sur une plaque en métal rouillé : The *Summerhouse*. Un nom qui fleure bon la Belle époque et son snobisme anglo-saxon. Derrière la grille aux pointes acérées, tout aussi rouillée, le jardin, presque un parc, se transforme en une jungle envahie de bambous et de ronces sous des chênes séculaires.

— Vous pensez bien, ce fainéant, il n'allait pas entretenir le jardin puisqu'on lui prêtait le pavillon « pour veiller sur la villa seulement », il insistait.

— À qui appartient-elle ?

— Une famille de riches industriels de Montreuil. Enfin, autrefois riches et industriels et malades des veines, surtout les femmes. Fabricants de jouets, je crois. Je sais même pas s'il y a encore quelqu'un de vivant chez ces bourgeois. Il y a quinze ans au moins que personne ne vient ici.

Les persiennes du pavillon n'ont pas vu la peinture depuis 1905, date de sa construction inscrite sur le pignon, et sont closes. La porte est dans le même état, mais légèrement entrebâillée.

— Tom ne fermait pas à clefs ?

— Pourquoi ? Il n'y avait rien à voler chez lui.

Elle avance la première dans la pénombre, les narines froncées pour lutter contre les remugles de bière, de crasse et de bois humide pourrissant. La lumière de l'unique ampoule nue, dont les fils tombent du plafond, éclaire une pièce unique. Les toilettes sont à l'extérieur. Un évier en pierre plein de vaisselle d'un côté, un lit de fer gris, une table en formica à pieds chromés, deux chaises assorties, un radiateur électrique à bain d'huile sur roulettes d'un jaune pisseux constitue tout l'ameublement. Du linge dégueule d'une malle de fer ouverte posée sur une autre fermée : la commode de Toto. Contre un mur, un amas de bouteilles vides, curieusement bien empilées. Des affiches de groupes anglais punaisées les unes sur les autres peinent à cacher la misère d'une peinture jaunâtre qui s'écaille. Des disques vinyles en vrac jonchent le sol. Au-dessus de la pile, le *Never mind the bollocks* des Sex Pistols paru le jour de la naissance d'Étrela. C'est lui qui ramenait ces galettes du Havre. Promis, il ne les écoutait pas avant que son cousin et lui se retrouvent aux vacances d'été. C'était alors des heures de musique en boucle, de décryptage de pochettes dans le grenier du tonton. « Vous n'avez rien de mieux à faire que d'écouter votre zinzin ? » hurlait la tante du rez-de-chaussée. Non, rien. Les jours de pluie sont fréquents ici. Il n'y avait décidément rien d'autre à faire pour deux ados réfugiés dans un grenier d'une ville cernée de forêts et occupée par des vieux.

Le tourne-disque est là, par terre, avec pochettes de disques cornées derrière. Juste à côté, un vélo est appuyé contre la paroi, à l'opposé du lit. Madame Dubreuil que toute cette saleté dégoûte —elle a peur de la contagion— s'éclipse en remarquant :

— Je savais pas qu'il avait changé de bicyclette.

Étrela est déjà à l'affût du moindre indice.

— Ce n'est pas son vélo ? Celui de son ami Gégène, peut-être ?

— La couleur ressemble mais le sien avait un nom polonais ou russe. C'est pas courant sur une bicyclette. C'est pour ça que je l'avais remarqué. Je sais pas où il l'avait trouvée. C'est pas à Gégène, qui rôde sur une mobylette jaune, pas jeune non plus, toujours propre pourtant. Bon, je me sauve, je dois faire mes commissions. Si vous voulez d'autres renseignements sur ces chenapans, vous savez où me trouver. Je n'ai rien à refuser à un petit-neveu de Mme Pouque.

Le policier a beau fureter dans la tanière de Tom Pouque, à part les disques ainsi que les affiches, rien parmi le fourbi de son ancien compagnon de jeu ne rappelle sa jeunesse, pas même une vieille photo. Rien n'annonce la mort récente et prématurée du cousin non plus, sinon la misère. Étrela, sorti, décide de faire le tour de la maison de maître bâtie en haut du jardin. C'est une villa massive, de style maritime, en pierre de l'Orne. Sans boiseries chargées ou faîtages alambiqués, contrairement à d'autres demeures, elle est sobre. Elle n'a rien à montrer n'ayant pas de vis-à-vis. Des faux colombages, qui font le tour sous la toiture, sont sa seule fantaisie. La partie centrale est flanquée de deux ailes rectangulaires. L'une d'elles s'enfle du bow-window de rigueur, dont les fenêtres sont obturées par des plaques de bois. Une vigne vierge a envahi une partie de la façade. Elle s'est accrochée aux persiennes. Les fenêtres ont disparu sous la végétation.

Le bruit des pas du policier sur le gravier est étouffé par l'herbe folle qui jaillit entre les cailloux. Étrela remarque une trace brillante dans la végétation piétinée qu'éclaire le contre-jour. Elle chemine jusqu'à l'arrière du bâtiment. Le policier la suit puis s'arrête devant quelques marches qui descendent vers une porte d'entresol. La porte de cave résiste à la pression : fermée à clef. La clenche tourne bien, son cuivre est luisant et les gonds semblent en bon état. À l'évidence, elle sert régulièrement. À qui ? Pourquoi ? Il devrait trouver la clef chez Tom. Mais une nouvelle inspection du bazar à l'intérieur du petit pavillon ne lui permet pas de mettre la main dessus.

Tracassé par cette intrigante question de clef et de porte, le lieutenant repasse devant chez Mme Dubreuil. Au même moment, un homme en survêtement, un peu dégingandé, sort de l'arrière de la maison, le pas léger, un vélo de course sur l'épaule. Les marches le conduisent dans la partie supérieure du jardin, sur le boulevard. Étrela se dissimule derrière le pilier d'entrée de la propriété précédente et laisse le cycliste enfourcher son engin, jeter un regard circulaire et furtif sur le boulevard, puis quitter la place en danseuse. Quelle figure ! On dirait Mick Jagger, se dit Étrela : la même bouche lippue, la même frange grisonnante négligée. Le chanteur des Rolling Stones avec toutes ses rides, comme le vrai. La vieille dame a un coquin rock-and-roll. Elle ne tenait pas à ce que Victor Étrela le croise. Voilà pourquoi elle a accompagné le lieutenant chez Tom Pouque. Ces cachotteries amusent le policier, il sourit avec indulgence puis soudain, il lui vient l'idée qu'Arlette Dubreuil lui en a peut-être fait d'autres.

Il reviendra ce soir vérifier qui ouvre la porte de la cave et demander à Mme Dubreuil si, par hasard, elle ne saurait où sont les clefs de la *Summerhouse*.

8

Viens, Poupoune, viens Poupoune, viens...

Il est midi quand Étrela revient. Le jardin bruit d'animation. Face au pavillon blanc à deux étages sans grand caractère, pur produit de l'architecture laide, paresseuse mais fonctionnelle des années soixante, Christophe Bertot, son grand-oncle, est au milieu de la pelouse, de dos. Sa silhouette gracile est secouée de spasmes. Pourquoi pleure-t-il ? Il ne peut pas être déjà au courant. Ce n'est pas Nina, dans son état, qui aurait eu le courage de propager la nouvelle. Bertot se retourne quand il entend Olga, qui a rejoint son père, crier son prénom : « Tophe ! ». Il y belle lurette qu'aucun de ses familiers n'appelle plus le petit homme par son prénom complet. Tophe est tout sourire sous sa moustache à la David Niven, et ses yeux rieurs brillent d'une joie non dissimulée : il pleure de rire.

— Il est impayable ton ex-patron, Victor ! s'exclame le septuagénaire.

Le lieutenant comprend et sa mine s'assombrit encore plus. Une petite tâche brunâtre file au fond du jardin, suivie de près par une masse trapue qui fonce aussi sur ses quatre membres. Georges course la chatte. À la manière australopithèque. Il vient de rentrer de l'hôpital, complètement remis. Une force de la nature. Les femmes, Roseline et la grand-tante Marie-Louise, sont restées à l'intérieur où elles font raconter à Mme Ba sa nuit au centre hospitalier de La Ferté-Macé.

— Ne fais pas cette tête-là, Victor, ça le détend après sa nuit à l'hosto. Ah ! Regarde-le !

— C'est plutôt que tu encourages ses bas instincts, tonton. Les médecins l'ont déconseillé.

L'oncle touche le bras de Victor pour l'apaiser.

— Rassure-toi. Il comprend bien qu'il doit m'attraper Poupoune sans la bouffer.

Après un plaquage sur le massif de pivoines de Chine, dans une envolée de pétales multicolores, la chatte est capturée. Le jeune Georges Faidherbe la brandit à bout de bras par la peau du cou comme un chaton, et profère un grognement triomphal. L'animal gronde sourdement, légitimement vexé. Georges se redresse et court maintenant sur ses jambes en arc de cercle vers les deux hommes, en se dandinant. Il donne la bête à l'oncle et courbe la tête dans un geste de soumission. Il bave et s'ébroue ensuite en blatérant de ses bajoues. Il est heureux. M. Bertot montre une pipette en plastique qui contient un liquide blanchâtre.

— Elle est en chaleur, cette cochonne de Poupoune. On n'en dort plus de la nuit. Tu ne l'as pas entendue ? « Miaou ! Miaou ! ». Elle n'arrête pas ! Alors les grands moyens : le S.S. ! Sédatif sexuel des laboratoires Boirant. Dis donc, à propos, le Georges parfois, comment dire ?... Eh bien sur la chose, lui aussi, il est plutôt nerveux, non ?

— Ah ? On verra ça avec le médecin.

Étrela marque une pause avant d'ajouter :

— J'ai une mauvaise nouvelle, tonton.

— On n'a pas de place au restau ce soir ? Merde !

— Non, il s'agit de Tom.

— Tom ? L'ex-neveu ? Annonce.

— Il est mort. On a retrouvé son corps hier après-midi, noyé dans le lac.

— Hum ? C'était donc ça les sirènes que j'ai entendues ? Ça devait finir comme ça un jour. Tiens Poupoune fermement, surtout les pattes avant. Fais gaffe, elle aime pas les soins.

Étrela s'exécute, constatant sans surprise que son grand-oncle est plus soucieux de contrarier la sexualité de son chat que d'entendre des précisions sur la mort du neveu par alliance. Il savait leurs liens distendus depuis longtemps. Il ajoute quand même :

— Je crains qu'on l'ait noyé.

Christophe Bertot tient la seringue entre les dents. Il tente d'entrouvrir les mâchoires de la chatte.

— M'étonne pas. Après toutes ses conneries de drogué. Déjà, à dix ans, il était toujours pas fichu de savoir flotter dans une pataugeoire à la piscine. J'ai bien essayé de le gagner à la varappe à l'Oëtre, mais il avait le vertige. Plus que toi, tu te souviens ? Ah ! Pourtant je lui aurais appris la grimpette à mains nues. Tu parles ! Une femmelette. Et la pêche, pas mieux, il avait peur de se faire... Aïe, elle mord, cette conne de chatte !

—Tu ne le voyais plus du tout ?

La seringue est dans la gueule du félin. Bertot pousse le liquide. Finies les galipettes nocturnes pour Poupoune.

— Moi, tu sais, la famille comme ça, moins je la vois, mieux je me porte. Je voyais un majeur brandi au-dessus de ma haie de temps en temps quand il passait dans la rue. « *Fuck off,* les vieux ! » il braillait. C'est tout. Ici, c'est une petite ville, on ne peut pas s'ignorer entre parents, vois-tu. On lui avait refusé de l'argent. La grosse affaire, disait-il. Tu parles ! On ne parlait plus la même langue. C'était un gosse plutôt attachant par le passé. Mais avec les poils et les boutons, une plaie ! Ta tante versera peut-être une larme à cause de sa sœur. Elle en aura vu, la pauvre Nina. Faites des gosses, tiens !.. Je vais annoncer ça à Marie-Louise doucement.

— Il se pourrait que les gendarmes viennent vous poser quelques questions à tous les deux, annonce Étrela avec précaution.

— Même mort, il va continuer à nous faire chier. Ça me dégoûte.

Le vieil homme crache par terre avec conviction et se dirige vers la bâtisse. *Il n'a plus envie de rire, le tonton. Je lui ai gâché sa journée*, pense le jeune lieutenant, qui aimerait en savoir davantage sur les raisons de tant d'animosité envers le défunt. Il faut dire qu'il vient rarement au pays depuis qu'il a quitté le lycée et a fait sa vie au Havre, de l'autre côté du fleuve.

Georges et Olga continuent à jouer dans le jardin. Pour amuser la fillette qui rit aux éclats à ses tours, le petit Georges fait des galipettes, des soleils, pieds nus. En ce moment, d'un bond, il a sauté sur le tilleul en bord de la grille doublée d'épais thuyas qui sépare le jardin de la rue. Il entreprend de grimper au sommet. C'est alors que les basses d'une sono de voiture font vibrer l'atmosphère au rythme du *Death Métal*. L'ex-commissaire s'arrête sur sa branche, le visage tourné vers l'extérieur, hume l'air et pousse un hululement à glacer le sang.

Olga s'est bouché les oreilles. Mme Ba, Roseline et la tante Marie-Louise sortent en trombe de la maison, l'oncle Christophe sur les talons. Victor Étrela, avec la curiosité du policier, bondit vers le portail. Il voit d'éloigner sur sa droite un cabriolet décapoté rouge bourré de jeunes qui emportent au loin leur caisson de basse autoporté. Sur sa gauche, un papy en Lapierre blanc et bleu Française des jeux pédale vigoureusement, la tête dans le Tour de France.

Soudain, il revient à Étrela qu'il a une question à poser à Roseline. C'est elle la spécialiste du vélo chez eux. La jeune femme a cessé depuis sa grossesse de courir les routes de campagnes. C'est devenu trop dangereux à cause de la circulation, et puis il y a Olga. Alors

Roseline continue à pratiquer sur un vélo d'appartement pour garder la forme en suivant sur l'écran télé des Tours de France gravés sur DVD.

Pendant que Mme Ba s'échine à faire descendre monsieur Georges de l'arbre, Victor pose sa question :

— Une marque de bicyclette polonaise ou russe, ça te dit quelque chose, ma chérie ?

— Polonaise ou russe non, française oui : la Stablinski, du nom du fameux coureur cycliste Jean Stablinski, un champion de France et champion du monde des années 60. C'est à lui qu'on doit le passage le plus difficile du Paris-Roubaix : deux kilomètres quatre cents sur les pavés de la Trouée d'Arenberg. Ça fait bien trente ans qu'on a cessé d'en fabriquer. Tu en as trouvé un ?

— Non, je le cherche. C'est celui d'un lointain cousin. Décédé.

Il met au courant Roseline de la macabre découverte de la veille, peinant à retenir son émotion. Malgré tous ses défauts, Toto avait été un compagnon de jeu incomparable. Les deux enfants passaient leur temps à se chamailler. Pourtant ils ne manquaient pas de fomenter ensemble, à la moindre occasion, un coup pendable dans le quartier. C'était alors des rires pour un moment, avant une autre querelle, une bagarre mémorable et une fâcherie jurée éternelle. La dernière durait depuis seize ans.

— Tu crois sincèrement qu'on aurait pu tuer ton cousin pour un vélo, demande Roseline, effarée de ce qu'elle vient d'apprendre. Quelle époque !

— Oh non. J'ai ma petite idée là-dessus mais j'attends que les gendarmes veuillent bien me donner les résultats de l'autopsie. Vois-tu, je ne crois pas aux coïncidences : trouver Faidherbe en *overdose* et un cycliste noyé, au même endroit, le même jour, c'est beaucoup trop.

Roseline lui prend les bras et tourne son regard vers la famille qui entoure Georges Faidherbe en train de descendre du tilleul.

— Et moi qui croyais que nous serions bien tranquilles à Bagnoles... soupire-t-elle, soudain fatiguée.

9

« Micheline, lézard, quel panard,

Viaducs, rivières, tout l' bazar » (Alain Souchon)

En cure, il faut savoir se distraire. Sinon l'ennui guette, et les bienfaits des soins risquent d'être anéantis par le *spleen,* la neurasthénie, l'épuisement, au choix. Les cinq touristes ont décidé d'emmener les enfants visiter une attraction qui satisfera aussi les adultes : le train miniature de Clécy. Le fondateur, d'origine havraise, avait fréquenté la famille Étrela et le lieutenant connaît personnellement son descendant, l'actuel animateur du musée. Les attractions colorées du parc éblouissent les enfants, qui frissonnent au pied des anciens fours à chaux, un peu effrayés par son aspect de forteresse médiévale. Au fond, un bâtiment moderne de plus de 300 m2 sert d'écrin à l'un des plus grands circuits miniatures d'Europe.

Les Étrela, madame Ba et Georges Faidherbe contemplent la maquette, installée à l'intérieur. Les visiteurs lèvent les yeux vers un ciel de carton-pâte. L'animateur, en cotte bleue, perché sur une échelle haute, y défie les lois de l'équilibre, un câble électrique à la main. Ils retiennent leur souffle. Soudain, l'équilibriste stabilise sa position d'un coup de rein et réussit à raccrocher le fil. Applaudissements. Pour la première fois, Georges lui aussi frappe des mains. Encore un progrès. L'animateur salue les spectateurs avec orgueil. Ce n'est pas aujourd'hui qu'on le verra s'étaler de tout son long sur son petit monde, un réseau extraordinaire pour trains électriques, bordé sur les trois murs de monts factices.

Au centre, contre le mur du fond s'élève le plus haut mont, terminé par un sommet tout plat, comme tranché d'un coup de sabre. Un tortillard est arrêté en pleine côte. La Roche d'Oëtre est représentée à proximité. En dessous se succèdent corniches, ravins, pierriers, torrents et cascades. Par-dessus ce paysage qui ressemble à s'y méprendre à la Suisse normande, des parapentes sont en suspension sous un ciel métallique. Loin à gauche, bordant une ville esquissée en bas-relief contre le mur de la salle, un port fermé par deux phares miniatures s'ouvre sur une eau stagnante, au bleu profond. C'est Caen. Des petits bateaux immobiles y attendent la marée. Un ballon stagne au-dessus des flots figés. Non loin du port, un avion se prépare à décoller sur le tarmac d'un mini Carpiquet. La plaine est parsemée d'une succession de petites villes aux maisons anciennes, reliées par des kilomètres de voies ferrées qui s'entrecroisent dans tous les sens au milieu du bocage. Un train de marchandises s'apprête à croiser le long d'un stade de foot un express de voyageurs. Autour des cités, on voit des bois, des parcs et des routes, des rivières et des lacs. Si on se dirige vers la droite, c'est bientôt l'Alsace, ou la Suisse, ou déjà l'Allemagne : la miniature raccourcit miraculeusement les distances.

Avec la réparation, l'orage se met à gronder, les trains sifflent et roulent. La nuit tombe doucement. Tout s'illumine et prend une vie électrique dans la pénombre : les manèges s'animent, les pompiers clignotent, un ouvrier soude, une maison brûle, une cabine téléphonique sonne. Le type à côté ne peut pas décrocher, évidemment. Pas plus que les minuscules joueuses de tennis en jupettes blanches qui échangent sans bouger leur balle invisible devant un Georges Faidherbe émoustillé.

L'enfant roux est cramponné à la rambarde qui sépare les visiteurs des trains électriques miniatures. Un homme âgé, longs cheveux blancs frisés peu soignés, imperméable mastic malpropre, s'approche à son tour, une loupe à la main. Il désire mater les joueuses, lui aussi. C'est un habitué, un client régulier et inoffensif.

— Tu aimerais bien attraper la baballe des petites joueuses, hein mon bonhomme ? demande l'homme.

Il a engagé la conversation dans le but de persuader Faidherbe de s'écarter gentiment.

Georges ne répond pas. Son visage velu est légèrement levé, les yeux sont mi-clos et les ailes du nez palpitent, tandis qu'il fait entendre de brefs et rapides bruits d'inspiration. Il hume l'air ambiant comme un chien de chasse. Le questionneur dirige un regard faussement rigolard sur les adultes qui l'accompagnent. Madame Ba intervient alors, encourageant Georges Faidherbe à communiquer avec un langage articulé :

— Eh bien, monsieur Georges, répondez !

La femme noire a appelé le gosse « monsieur Georges ». *Des fous,* pense le vieux bonhomme. Soudain, derrière lui, un long grognement rauque, profond, comme surgi du fond des temps, lui fait dresser les cheveux sur la tête. L'homme a un mouvement de recul. C'est lui qui a fait ça, ce drôle de gamin, ce monstre nain ? Plus miniaturisé encore et mis à l'échelle, il fascinerait le public dans le coin zoo. Le vieux touriste cherche de quel handicap peut bien être atteint le gosse. Mais qu'est-ce que c'est comme syndrome ? Il regarde une nouvelle fois à la dérobée cette réduction franchement hideuse de Rahan, le fils des âges farouches dont ses enfants lisaient les aventures dans *Pif gadget*. Un mini Rahan aux cheveux orange qui continue à flairer avec un grondement plaintif les premières maisons du plateau. Le vieillard, impressionné, renonce aux nymphettes en jupettes sur le court et part à la recherche de baigneuses autour d'une piscine, loupe en avant.

Pendant ce temps, le propriétaire de la maquette, penché au-dessus d'un moulin qu'il a décoiffé, cherche l'origine d'un court-circuit au moyen de son testeur automatique. À cause de ça, la micheline du village normand est restée en rade en rase campagne. Il plonge sous le décor sans avoir trouvé la cause du dysfonctionnement. Il craint une panne générale. Bientôt, sa cotte bleue réapparaît au sommet de la plus haute montagne. L'homme a regagné ses manettes et boutons. Il parle dans le micro.

— Mesdames, messieurs, il me faut interrompre votre visite, à mon grand regret. Je dois fermer pour résoudre un problème technique. Repassez par la caisse, Alice va vous rembourser.

Alors, dans la pénombre du plus grand petit train électrique au monde, un nouveau grognement retentit. Georges Faidherbe pousse une colère d'enfant déçu. Olga se met à pleurer bruyamment à l'unisson. Étrela s'est accroupi au niveau de l'enfant des cavernes et lui tient des propos apaisants :

— Ne soyez pas déçu, mon commandant, nous reviendrons bientôt. N'est-ce pas Olga ? On dit « Au revoir » gentiment.

Le visiteur en imperméable mastic est obligé de passer à côté d'eux pour quitter les lieux. Des dingues ! On croise des dingues partout maintenant ! C'est son jour. Ils appellent l'abominable gosse velu « commandant ».

Mais George est passé sous la rambarde, ses mains poilues posées près du court de tennis sur lequel il bave comme un nouveau-né. Le vieil habitué prend peur pour ses figurines favorites. C'est trop, le type explose :

— On ne touche pas, c'est écrit sur les panneaux ! Vous ne savez pas lire ?

Madame Ba intervient pour défendre son petit protégé en roulant des yeux furieusement et en prenant un accent cannibale :

— Non, on ne sait pas li'e ! Vous, vous pou''iez êt'e plus aimable enve's les sauvages, là dis donc !

Soudain, venant sous-sol de maquette, on perçoit des bruits et un mouvement. Le créateur est de nouveau là, visible, devant eux, le sourire aux lèvres, pour calmer les esprits.

— Veuillez excuser M. Floque, madame. C'est un passionné, fidèle de notre maquette. Il est un peu nerveux en ce moment parce que quelqu'un s'amuse à jouer avec ses figurines préférées.

— On t'a volé des pièces ? demande Étrela.

— Non. On nous les déplace. J'ai déjà remarqué ça, deux ou trois fois. Il y a des gens qui aiment toucher à tout, je soupçonne des vieux qui viennent par cars entiers. Alors on a posé des pièges à ma manière. J'ai installé des lumières qui clignotent sous des figurines au premier plan, dès qu'on les enlève. Mais impossible d'en poser sous chacune. Du coup, ça fait des courts jus. C'est une passion, pas un flicage ! J'ai bien pensé à la vidéo surveillance. C'est cher.

— Bizarre. Pourquoi feraient-ils ça ?

— Va savoir. Les vieux, ça se croit tout permis. Et parfois ça retourne en enfance, alors ça veut faire joujou en tripotant les bonshommes du circuit. N'est-ce pas, monsieur Floque?

L'homme acquiesce en bougonnant. Ses yeux globuleux de crapaud regardent Faidherbe avec moins de dégoût. Le propriétaire de sa chère maquette lui donne de l'importance ; ça l'amadoue. Il se mêle à son tour à la conversation :

— Le facteur à vélo, par exemple ! Il se balade, à notre insu, d'un village à l'autre. C'est dingue, non ?

L'animateur se rapproche d'Étrela et lui parle à l'oreille sur le ton de la confidence embarrassée :

— Figure-toi qu'on a même coiffé notre tour de Bonvouloir d'un préservatif !

— La tour de Bonvouloir... la bonne blague ! répond Étrela en se remémorant la tour à forme suggestive, qu'il appelait enfant la « tour-zizi ».

— Tu comprends pourquoi j'adore les gamins et tiens certains adultes à bout de gaffe. Un gosse ne ferait jamais une connerie pareille.

Il ajoute avec un air entendu :

— Je ne dis pas ça pour monsieur Floque, bien sûr ! Néanmoins, je préfère qu'il reluque les figurines que nos gentilles clientes.

Puis il s'approche de sa maquette dont il enlève une joueuse de tennis. Une petite lumière clignote à l'emplacement qu'elle occupait. Il se penche vers Faidherbe.

— Tiens, mon gars, je t'en donne une, en souvenir de ta visite.

Il se tourne ensuite vers le nommé Floque :

— Que j'y donne une figurine, au petit poilu, vous n'avez rien contre, j'espère ?

L'homme boude. Alors le propriétaire retire la seconde joueuse et la met dans la main du vieil amateur de miniatures. Faut pas faire de jaloux. En direction des trois autres adultes, il précise :

— On en a en réserve, de toute façon.

Puis, désignant du menton l'ex-commandant de police qui exhibe ses dents en une grimace qui doit être un sourire :

— Allez, c'est probablement pas rose tous les jours avec lui, je comprends.

George Faidherbe prend la mini-joueuse et la porte à son œil droit. Il l'examine sous la jupette soulevée. L'animateur rigole franchement. Les enfants l'amusent.

— Eh bien ! Il promet, ce gosse ! dit-il, attendri.

10

À l'ombre des jeunes filles sans mœurs

« Longtemps je me suis levé... ». Étrela relit une cinquième fois les premières lignes de la *Recherche*, assis sur les toilettes d'un café-brasserie de la rue des Casinos. Le groupe a fait une pause-café avant de retrouver la pension familiale deux rues en dessus. C'est aux toilettes que le lieutenant est encore le plus tranquille pour lire son roman. Le Proust, à peine entamé, est déjà délabré comme une villa abandonnée des hauts quartiers. La couverture de papier granuleux, montrant un balcon ouvert sur un ciel bleu nuit, est lézardée, décrépite sur la moitié de sa surface. La tranche tachetée de rouge semble attaquée par un champignon. C'est un miracle si la reliure tient encore. Étrela aborde la troisième page quand on frappe à la porte :

— Chéri, qu'est-ce que tu fais ? Ça va ?

— Il est malade ? demande à voix forte Mme Ba, de la terrasse. Je lui avais pourtant dit de ne pas boire l'eau des Thermes ! Ça donne la courante !

Victor Étrela remise son livre dans sa besace d'un geste rageur et les rejoint. La petite troupe est installée sur la moitié de trottoir qui tient lieu de terrasse. Les consommations sont servies. Faidherbe arrose d'éclaboussures de glace sa petite voisine Olga, assise à sa droite, qui hurle de rire à chaque maladresse. Mme Ba, installée en face de lui, apprend à Georges à manger convenablement. Les progrès en ce domaine sont lents. Josette Ba, fervente pratiquante de la méthode Coué, est satisfaite :

— Regardez comme il se débrouille bien maintenant ! Moi, je vous dis, ces bains commencent à faire effet.

À côté de l'ex-commandant, il reste une place vide en face d'un verre de bière. Étrela s'assied, dos au mur du café, vue sur la rue mais la nuque près d'une corbeille de géraniums où volettent mouches et moustiques. À peine assis, il reçoit des gouttes de chocolat-vanille sur sa chemise. Il regarde le commandant Faidherbe et soupire. Heureusement, le spectacle est plus agréable de l'autre côté de la rue. Un coup d'œil à Roseline et à Mme Ba. Les deux femmes sont plongées dans les documents de l'office de tourisme. La voie est libre : Victor Étrela peut mater à son aise. Devant lui, à onze heures, deux filles splendides. Couvertes légèrement de la poitrine au bassin, en mini-jupes, comme vêtues de leurs seules jambes. *Il n'y a que des Anglaises pour porter encore des jupes si courtes*, se dit-il.

Chouette ! Elles s'apprêtent à traverser la rue. Deux spécimens rarissimes dans une ville à la fréquentation féminine nettement plus âgée. L'une brune, l'autre blonde. Des modèles descendus directement d'une affiche de lingerie, même pas froissés. Les filles s'approchent et vont passer juste devant leur table. Le lieutenant pose son menton sur sa paume, insensible à présent aux éclaboussures de glace qui commencent à tacheter sa joue droite.

— Quelle surprise ! Salut, mon mimi, comment va ? demande la brune qui vient de s'arrêter devant leur table.

Étrela est tiré de sa contemplation qui commençait à virer salace. La fille vient de lui parler ! Roseline redresse la tête. *Qui sont ces deux pouffiasses ?* pense-t-elle. *C'est à son Victor qu'elle s'est adressée, la fausse brune aux seins siliconés ?* Étrela se retourne. Des clients sont peut-être attablés au-dessus des géraniums, à l'intérieur du café, à qui la brune s'adresse. Personne. La blonde enchaîne en jetant une œillade par-dessus ses verres de lunettes noires :

— Regarde, Maria, comme il est chou avec ses petites taches de glace sur la figure !

Roseline se lève vivement. Étrela rougit, écarte les mains en signe d'impuissance. Une méprise assurément. À moins que... à sa droite, Faidherbe hoche la tête en ricanant. Bon sang, c'est donc à Georges que la fille parle !

— Vous le connaissez ? demande Étrela, sidéré, en désignant du pouce Georges Faidherbe qui grogne de joie.

Roseline se rassoit comme frappée à la tête.

— Ben woui ! Bien sûr qu'on le connaît, notre mini-coquin !

L'accent de la brune, un chant provençal cabossé, est nettement moins séduisant que la silhouette. Banlieue marseillaise sans doute. Quant à l'âge, vu de près, il faudrait peut-être rajouter quelques années aux suppositions de départ. L'autre fille reprend :

— C'est notre petit visiteur du soir.

Celle-là a un accent différent. Origine Italienne, ou des Balkans peut-être. Poitrine naturelle.

Madame Ba est soufflée, incrédule. Elle s'éponge le front avec sa serviette et demande :

— George vient vous voir le soir ? Mais où ?

— À la villa *Primavera*. Il vient grattouiller à la fenêtre et entre comme un petit singe. Ensuite...

— ... ensuite c'est notre petit secret. Mais qu'est-ce qu'il nous fait rire ! termine la blonde balkanique avec un sourire à la fois charmant et pervers.

Des professionnelles, se dit le lieutenant Étrela, habitué à reconnaître ces filles parce qu'il en côtoie d'assez nombreux spécimens à cause du métier. L'une a les dents gâtées. La came peut-être. Les « putes » indiquées par Mme Dubreuil. C'est elles. Il faut les faire parler.

— On réglera ça à la maison..., ronchonne Josette Ba en faisant les gros yeux à Faidherbe qui se dandine sur sa chaise, la tête dans sa coupe de glace. Et on barricadera la fenêtre de la chambre s'il le faut, monsieur Georges ! C'est quand même incroyable, il est logé au deuxième étage !

— Le disputez pas, mamie, un si gentil bonhomme. Vous nous payez une conso, beau brun ? demande la brune d'un ton aguicheur à Étrela.

Roseline fait non en secouant énergiquement la tête. Madame Ba a les globes oculaires exorbités. Étrela désigne son bout de table pour inviter les filles à s'asseoir. Il leur commande des cafés.

— Dites donc, détournement de mineur, ça peut vous poser problème, les filles.

— On savait pas qu'il avait moins de dix-huit ans, votre copain. Il est quand même un peu ridé par endroits.

— C'est pourtant évident, non ?

— Pas tant que ça, vous ne voyez pas tous ses poils ? Et puis des vrais hommes par ici, des jeunes et vigoureux, ça court pas les rues. Surtout des qui parlent pas. Avec lui, on perd pas de temps en discours. À l'action !

— On a bien été au casino, mais à la fin, c'est lassant, ces sales types qui nous pelotent de partout et qui s'endorment au lit. Ou pire, ils s'intéressent plus à la boule qu'à nos...

La fille se rengorge. Étrela ne la laisse pas finir :

— Vous n'avez pas d'amis par ici ?

— Si, il y a bien Gégène, un clodo qui traîne, des billets plein les poches. Il est sympa. Lui aussi, il nous fait rire avec sa tête lisse comme une boule de billard. C'est doux à caresser.

— Les seuls de notre âge qu'on ait rencontrés, c'est la bande de la villa *Les Épingles*. Des gars du coin et des Parisiens. Et maintenant ils sont plus là. Alors on zone en ville.

— Comment ça « plus là » ? Les vacances débutent à peine.

— Les flics les ont tous embarqués, en garde-à-vue. Rapport au punk retrouvé dans le lac.

— ... et c'est même pas eux les coupables ! Trop injuste !

La moue de la blonde est empruntée à Paris Hilton.

— Pourquoi cette certitude ? Ils sont comment ces jeunes ?

— Trop jeunes pour faire ce genre de conneries, répond la brune. Sympas, mignons, belles fringues.

— Mais pas un rond pour nous. Ils nous ont même pas payé un resto, tes minets. On s'est bien fait baiser, moi j'te dis, Maria.

— Tu parles, ces jeunots, ça tire comme des lapins.

Elle lève les yeux au ciel.

— On n'est pas gâtées ici.

Madame Ba, ulcérée, se bouche les oreilles. Elle fait un signe à Faidherbe pour qu'il en fasse autant. Seule Olga l'imite. Étrela poursuit :

— Ils vont le dire à la gendarmerie, non ? Et vous allez témoigner aussi.

— Pas sûr. Ils étaient déjà interdits de sortie. Leurs parents sont des bourges, ça va gueuler dans la haute pétée. Ils vont inventer un bobard de balade en forêt d'Andaine. Et nous...

— On va pas ramener nos fesses aux keufs. On est au vert, et si notre patron s'est barré, il reste...

La fille a soudain interrompu ses explications. Elle se retourne, regarde la rue vers le rond-point et du côté du lac, puis touche le bras de sa copine avant de reprendre :

— On file, merci pour le café !

Étrela regarde dans la même direction qu'elles. Une personne grimpe du lac, à vélo.

Gégène en arrière-plan fait des grands signes. Les filles se lèvent précipitamment. Qu'est-ce qu'elles craignent ? Ou qui ?

— Attendez ! Tom, le noyé du lac, vous le connaissiez ?

— T'es de la police, toi.

Ce n'est pas une question. La brunette a le flair de la prostituée aguerrie. La blonde lui répond quand même en filant :

— À peine. Il avait pas un radis, le punk. Aucun intérêt pour nous. Ciao !

Une femme, plus très jeune, remonte à vélo derrière les deux filles. Elle accélère le mouvement avec une facilité qui force le respect. Droite sur sa selle, comme si elle montait un étalon primé à Deauville, la taille fine et cambrée dans un justaucorps noir, elle toise Étrela avec une sévérité hautaine. Son visage rappelle celui des brochures publicitaires pour les thermes : yeux gris perle, cheveux courts, rides harmonieuses, teint hâlé. Après la jeunesse vulgaire et factice, la grande classe de l'âge, sans faux-semblant.

Madame Ba et Roseline, elles, sont encore sous le choc de la conversation des deux bombinettes. Roseline aurait plutôt tendance à rire; elle n'en laisse rien paraître car elle préfère éviter une explosion du volcan africain. Étrela lève son verre de bière :

— Josette, les eaux de Bagnoles tonifient l'organisme, vous avez raison. Je crois même qu'elles font un bien fou à ce bon vieux Georges !

11

La gendarme rit

Derrière le comptoir d'accueil, le gendarme qui reçoit Étrela est une femme. L'adjudant-chef Alison J. Celerier rechigne à donner des informations. Légalité, procédure, silence. Renseigner un flic étranger au canton sur une enquête en cours ? Non. Avec son nez retroussé, ses taches de rousseur et son opiniâtreté, elle rappelle à Étrela sa collègue Aellez-Bellig Chouchen du Havre, sauf qu'Aellez ne porte pas d'uniforme, qu'elle est aussi blonde qu'une bretonne peut l'être. La gendarmette Celerier est châtain. Elle a de séduisants reflets roux sous le postillon, des yeux noisette pailletés d'or.

Le policier ignore que son interlocutrice fait de la résistance surtout parce qu'elle désapprouve la tournure que prend l'enquête depuis son tout début, la veille. Mais ce n'est pas à ce petit brun haut-normand qu'elle se confiera pour autant, même si elle le trouve chou avec ses guiches naturelles sur les tempes et son sourire avenant. Priorité départementale et régionale, sinon nationale : défense de la tranquillité ainsi que de la réputation bagnolaise. Tout le monde en est conscient à la gendarmerie comme à la

Préfecture. Ce n'est pas une raison pour bâcler l'enquête ni de désigner des coupables tout trouvés. Pourtant voilà ce qui est en train de se passer. Ça la chagrine. Alison J. Celerier veut couper court à l'entretien. Le lieutenant de police ira frapper chez le capitaine de la compagnie en poste à Domfront si ce dernier accepte de recevoir un policier du Havre en vacances. Elle conclut :

— Le médecin légiste n'a pas encore rendu son rapport écrit.

— Vous ne pouvez vraiment rien m'en dire ? demande encore Étrela, las d'interroger un mur.

— Rien.

Étrela aperçoit soudain une touffe de cheveux roux hirsutes à gauche de la jeune femme. Faidherbe leur a encore échappé. Il devait l'attendre dehors avec Mme Ba et Roseline. Il est passé sous la barre de sécurité. La gendarmette suit le regard du lieutenant. Elle aperçoit l'ex-commandant de police.

— C'est qui, ça ? demande-t-elle en faisant une moue de dégoût.

— Disons... mon petit frère.

La main velue de Faidherbe se pose délicatement sur celle de la femme. La gendarme ne retire pas la sienne. Dans ses yeux, on pourrait lire un mélange de crainte ancestrale et de trouble sensuel.

— Il est... il est mignon quand même. Écoutez, je peux vous confier seulement que votre cousin ne s'est certainement pas suicidé.

Son regard est toujours dirigé vers le commandant, à côté d'elle, très près d'elle maintenant. C'est à lui qu'elle parle d'ailleurs, d'une voix adoucie et monocorde. Incroyable, Faidherbe lui fait un numéro de charme muet. Le regard ? Les phéromones ? Alison J. Celerier semble tombée sous le charme de Georges. Étrela en profite :

— Tom n'est pas mort noyé ? demande-t-il.

— Remarquez que ça aurait été possible. Vu la quantité de drogue qu'il avait ingérée, il aurait très bien pu tomber accidentellement dans le lac. Mais voilà : dans l'état où il était, il n'a pas pu marcher jusqu'à l'endroit où on l'a trouvé.

— Qu'est-ce qui lui est donc arrivé ? continue Étrela.

— Cheville broyée, bassin brisé, vertèbres fracturées, traumatisme crânien. Il était dans le coma quand il s'est noyé.

— Comment est-ce possible ?

La gendarme soupire de compassion.

— Le docteur pense que votre cousin a été heurté par un véhicule alors qu'il roulait à vélo — on se demande aussi comment il pouvait garder l'équilibre, chargé à ce point— puis qu'on l'a jeté dans le lac lesté d'un parpaing maladroitement accroché à du fil de fer qui n'a pas tenu. Voilà pourquoi quelques secousses l'ont fait remonter si tôt.

La gendarmette se tait, toujours en contemplation du gamin étrange à côté d'elle. Ça dure. Enfin, elle reprend conscience de son vis-à-vis, qui semble abasourdi et reste muet.

— Votre cousin est la victime d'un homicide. Homicide involontaire ou délibéré, l'enquête nous le dira. Il veut une orangeade ? ajoute-t-elle en revenant à l'enfant phénomène.

Victor Étrela n'en revient pas. Il croyait à un accident d'alcoolisme. Et Georges qui est toujours planté là derrière. Qu'est-ce qu'il fait ?

— Non, merci pour lui, il n'aime pas le sucré. Ça s'est passé quand ?

— Dans la nuit de samedi à dimanche. À l'heure des sorties de boîtes.

— Tom ne fréquentait pas les boîtes. Le disco, c'était pas son genre.

— Si vous le dites, mais il était sur la route à cette heure-là avec d'autres qui en sortaient.

La gendarme en a trop révélé. Elle se pince la lèvre inférieure, comme Chouchen.

— Vous avez une idée de qui a pu faire le coup ? reprend le lieutenant.

Alison J. Celerier dit non de la tête, toujours à l'adresse de Faidherbe. Celui-ci émet un petit grognement interrogateur. Étrela poursuit :

— Et son vélo ?

— On va draguer le lac. Ils l'y ont peut-être jeté aussi.

— Parce qu'ils étaient plusieurs ?

— Pour balancer à l'eau un type comme votre cousin, il faut être au moins deux et costaud. Il était maigre mais plutôt grand.

Étrela acquiesce, contrit. Une évidence. Il aurait dû y penser lui-même. Il s'apprête néanmoins à poser une autre question. Il voudrait bien savoir ce que le labo a tiré des morceaux du canard fourré à la dope. L'adjudant-chef Alison J. Celerier secoue la tête, semblant sortir d'une espèce de torpeur et l'arrête d'un geste de la main. Elle rougit, comme Chouchen encore.

— Je suis navrée pour vous et votre famille. Croyez que la Gendarmerie mettra tout en œuvre afin d'élucider cette affaire.

Elle effleure les cheveux du petit Faidherbe et poursuit :

— Ayez confiance. Le capitaine Crampel, à Domfront, vous tiendra au courant. Si je peux me permettre un conseil, ne lui brisez pas les noix. Il est chatouilleux et les a sensibles.

Le lieutenant Victor Étrela rit. L'adjudant-chef Alison J. Celerier aussi. L'ex-commandant Georges Faidherbe ressort grimaçant, comme hilare à son tour, de derrière le comptoir d'accueil.

— Reçu. Merci, chef, répond Étrela.

— À bientôt, souffle la gendarmette avec un air mutin tout à fait charmant.

Quand Étrela et Faidherbe, retrouvent Mme Ba et Roseline devant la gendarmerie, les deux femmes essuient des larmes de soulagement. Elles croyaient avoir perdu Georges encore une fois. Les effusions d'usage terminées, Étrela pose sa main sur l'épaule de Faidherbe, épaté de son influence muette auprès d'Alison J. Celerier :

— Pas à dire, mon commandant, vous au moins, vous n'avez pas perdu la main avec les femmes !

12

L'été, la roupie

De sansonnet pendouillote

Sous le nez d'Oëtre

(Haïku anonyme)

Étrela s'est toujours réveillé de bonne heure. Or, la lumière lui paraît déjà trop vive quand il ouvre un œil ce matin-là. Aurait-il tant dormi ? Ses yeux se referment, ses paupières pèsent des tonnes. Sa bouche est pâteuse comme s'il avait avalé des kilomètres d'andouillettes. Il en a abusé, la veille au soir au restaurant, c'est vrai. Il sourit. C'était bien bon. Après, il ne se souvient pas. Ils ont dû rentrer à la maison. Entre-temps il se sera endormi dans la voiture. Sa tête est lourde. Il cherche Roseline du bras; il ne se passe rien comme si ses membres étaient ankylosés. Elle doit être déjà levée. Il a aussi la désagréable impression de tanguer. Sûr, c'est une sacrée indigestion.

Il voudrait se lever mais il se sent enveloppé dans sa couche. Un air doux et parfumé lui chatouille les narines. Ils ne dorment pas fenêtre ouverte d'habitude car Roseline craint les chauves-souris qui volettent autour de la bâtisse toutes les nuits. Il se fait violence, veut se redresser. Sa couche est profonde, on croirait que le lit s'est creusé sous son poids. Non, ce n'est plus du tangage, c'est un méchant balancement latéral qui le déséquilibre. Il se rattrape à gauche et à droite à ses draps pour ne pas chuter en s'efforçant de tenir les yeux ouverts. Le plafond est bleu. Il le pensait blanc. En dessous, c'est la verdure, parmi laquelle des bouts de roche acérés émergent. Il y a aussi une paroi grisâtre à sa droite sur laquelle il pourrait se cogner. Où est-il, bon Dieu ?

— Ça va, monsieur ? Vous êtes bien le lieutenant Victor Étrela, de la P.J. du Havre, né le vingt-huit octobre Mille-neuf cent soixante-dix-sept à Sainte-Adresse, n'est-ce pas ?

Cette voix qui l'appelle du sommet et résonne à travers toute la vallée, c'est celle de l'adjudant-chef Alison J. Celerier, entourée d'une brigade de gendarmes et de pompiers. En guise de réponse, Victor Étrela hurle. Son cri est répercuté par un écho formidable. Normal, le policier est suspendu à cent dix mètres du sol, dans un hamac, comme une goutte au nez du visage de pierre qui se découpe sur la roche d'Oëtre. "Panorama exceptionnel, site emblématique" de la Suisse normande disent les guides. Mon œil ! La vue est belle, certainement, mais Étrela préfère refermer les yeux. Il entend une rivière couler loin dessous, la forêt bruire de sa vie matinale tout autour. Au-dessus de lui, cacarde un vol d'oies sauvages couvrant les commentaires des équipes de secours, des touristes, de la télévision régionale et des envoyés de la presse locale.

— Ne paniquez pas, monsieur Étrela, on va vous remonter. Un peu de patience car ça va prendre un certain temps, lui dit une deuxième voix à quelques mètres plus haut, trois fois répercutée par l'écho.

Une manœuvre maladroite des sauveteurs fait tournoyer le lieutenant sur lui-même.

Il rouvre les yeux. Horreur et double humiliation : il est non seulement suspendu au-dessus du vide à son insu, mais il est aussi entièrement nu. Comme un ver : on lui a rasé le tronc jusqu'au pubis. Sur son ventre, autour du nombril, sont écrites trois lignes de texte d'une belle encre noire, en pleins et déliés. Il se plie en deux, se contorsionne afin de mieux voir. C'est difficile parce qu'il est encore complètement assommé. Heureusement, c'est inscrit dans son sens. Il peut lire entre les mailles du hamac. Il y a même une flèche dirigée vers son sexe, partant du message : *Ne fais pas l'andouille / Sinon on te coupera / Tout ce qui pendouille.*

— 5/7/5 : c'est un haïku ! Pourquoi ?... des Yakuza, chez nous ? se demande Alison J. Celerier en reposant, songeuse et embarrassée, ses jumelles sur sa poitrine généreuse.

Le capitaine Crampel essaie de déchiffrer le message lui aussi alors qu'Étrela gigote beaucoup.

— Hum ! bien vu, adjudant-chef Celerier, mais il manque une indication de saison dans le texte. Je dirais plutôt qu'il s'agit d'un *moki*. Quoiqu'il en soit, c'est un joyeux bordel.

Ce qu'Étrela ne sait pas encore, c'est que la gendarme Celerier est venue reconnaître le type retrouvé accroché à un hamac, sous le nez de la roche. Sait-on jamais, s'est-elle dit, c'est peut-être le flic disparu de Bagnoles la veille, après une sortie dans un restaurant du coin. Signalé « disparition inquiétante » le soir, retrouvé en fin de matinée le lendemain. Une affaire rondement menée. Un mec de la P.J. de Seine-Maritime en plus, et à poil ! Une barrette supplémentaire aux galons, Alison, plus les félicitations arrosées de pommeau de toutes les brigades bas-normandes.

Pendant qu'on met un treuil en service, un pompier, surveillé par les gendarmes, se prépare à descendre en rappel pour accrocher le supplicié, l'assurer afin d'empêcher qu'ensuite il aille s'éventrer contre le granite en remontant. Ce serait idiot, on pourrait détruire une pièce importante à verser au dossier : l'analyse graphologique du message.

Étrela ne comprend pas ce qu'il fait là, gigotant comme un cocon au bout de son fil. Que lui est-il arrivé ? Comment a-t-on pu le transporter, le déshabiller, l'accrocher enfin dans cette position. Il n'a pas non plus souvenir de la plume qui a écrit ce message absurde et menaçant sur sa peau. Le poème lui fait pousser un cri d'horreur. Roseline lira toujours ça sur lui !

— Ça va, mon lieutenant ? Rassurez-vous, on vous dégage de là. De fait, la voix douce de l'adjudant-chef Alison J. Celerier est rassurante. La gendarme a tenu à descendre avec le pompier pour aider à la remontée. Elle joint à ses paroles une caresse réconfortante sur les fesses du policier, meurtries par les cordes serrées du hamac.

— Ho hisse ! crie le pompier qui commande la manœuvre.

Victor Étrela approche du sommet. Il aperçoit alors le sourire protecteur, la tête penchée et le regard concentré de la femme gendarme sur le milieu de son bassin. Il ferme les yeux, anéanti par la honte.

13
Capitaine Crampel, Celerier crampon

— J'attends des explications ! Et tout de suite !

Le capitaine Crampel tonitrue à sa façon. Il a la voix fluette et blesse odieusement l'ouïe sensible du policier encore sous le choc. On a passé à la victime un survêtement de la gendarmerie. Victor Étrela est allongé sur une table du restaurant du site d'Oëtre. Il est recouvert d'une couverture de survie en aluminium. Une ambulance doit le ramener bientôt à Bagnoles. On l'attend. Une lampe tombe du plafond juste au-dessus du visage du lieutenant, allumée alors qu'il fait plein jour maintenant. Les yeux hagards du rescapé de la falaise vont du visage encourageant d'Alison J. Celerier, assise à sa gauche, à la silhouette massive du capitaine qui se découpe au-dessus de sa tête, debout, les avant-bras appuyés sur la table autour des épaules du policier. Un mètre quatre-vingt-quinze, cent dix kilos, quinze ans de rugby comme trois-quarts. Crampel a l'accent chantant de la Dordogne, une voix de *falsetto*, une figure de lune mais pas l'humeur enjouée du Périgourdin qui vient de tomber sur la truffe de sa vie.

— Qu'est-ce que vous fichiez là-haut, pendu comme un cochon, à exhiber de la poésie japonaise et vos valseuses ? Vous, un représentant de l'ordre ? Hein ?

Étrela a l'impression d'assister à l'interrogatoire de quelqu'un d'autre. Il tourne la tête de droite à gauche. Dehors, des cars ont déversé leurs dizaines de touristes. Ils vont aller se faire peur en bord de falaise. Merci, pour lui, c'est fait. Le chemin qui mène à la roche passe au pied du restaurant. À la traîne d'un cortège de vieux, trois types se bousculent et lancent leurs paquets de cigarettes vides dans la nature avec une désinvolture insolente, sous l'œil indifférent d'un planton de la gendarmerie. Pourquoi se fait-il engueuler, lui, inspecteur de police au Havre devenu victime ? Ceux-là affichent un air plus voyou. Cependant ils ont l'âge en guise d'excuse, comme les gamins. Étrela arrive à peine à marmonner :

— Je ne sais pas. On m'y a accroché, à mon insu.

— Bien ! monsieur le lieutenant de police ne sait pas ce qui lui est arrivé. Ah ! Bravo, la police française !

Étrela en est sûr maintenant : il subit une garde à vue à la mode d'Oëtre. Ce n'est pas sa première rencontre intime avec des gendarmes. Mais ici, il redoute qu'ensuite ils le tabassent et le balancent par accident dans la vallée. L'adjudant-chef Celerier vient à point à son secours. Son timbre est doux, apaisant. À contre-jour de la vitre du restaurant sous laquelle il commence à faire chaud, elle est là, comme environnée d'un halo merveilleux.

— Essayez de vous rappeler la sortie du restaurant hier soir. Où êtes-vous allé ensuite ?

Victor se tâte le crâne, qu'il a douloureux. Les souvenirs lui reviennent. Au sortir du restaurant, il a quitté son petit monde qui rentrait tranquillement se coucher. Josette Ba tenait absolument à enfermer au plus tôt, à double tour, son protégé atteint de priapisme. Olga dormait déjà sur l'épaule de sa mère. Lui-même allait d'un pas tranquille faire un tour nocturne à la villa *Summerhouse*. Promenade digestive. La curiosité de voir si la lumière ne perçait pas à travers une persienne ou sous la porte de la cave. Il ne se méfiait pas spécialement. La présomption d'être pour toujours en sécurité dans le lieu de ses bonheurs d'enfance ? —En ce moment, au contraire, il préférerait n'avoir jamais connu Bagnoles—. La veille donc, il y avait de la lumière sous la porte de la cave de la villa, des bruits de pas derrière lui dans le gravier, un cri puis un trou noir. Sans doute, quelqu'un avait ouvert la porte puis l'avait assommé au moment où il se retournait pour voir qui marchait dans le parc. Il ne se souvient de rien d'autre.

Le tatouage sur son ventre le met en rage parce qu'il est permanent. Cependant le policier est insensible à la menace que le *haïku* exprime, elle l'incite même à la vengeance, une vengeance personnelle : confondre et arrêter lui-même les coupables. Certes, il ne veut pas attirer sur sa famille des représailles. Il ne parlera pas de la villa *Summerhouse*. Il choisit d'égarer un peu ses interlocuteurs, grimace un sourire endolori à l'attention d'Alison J. Celerier.

— Je crois que je suis allé faire un tour du lac pour digérer, dit enfin Étrela. Je suis passé sur le pont auprès duquel on a trouvé le corps de Tom Pouque. Ensuite, je ne me rappelle plus de rien.

Crampel ricane puis rugit :

— Monsieur croit..., monsieur croit qu'il va nous mener longtemps en pédalo sur le lac. Eh bien, tu sais ce que je crois, moi, Victor Étrela du Havre ? Je crois que depuis que tu es arrivé à Bagnoles avec toute ta smala...

On y est, se dit Étrela. *Le tutoiement : prélude aux pires exactions.* La falaise n'est pas très loin finalement, il va y retourner, et sans filet cette fois. Crampel se tourne vers sa subordonnée :

— Quand, déjà ?

— Le vendredi 2 juillet.

Étrela redresse sa tête et regarde Alison avec étonnement. La gendarmette ne s'est pas contentée de lui caresser les fesses, elle a reconstitué l'emploi du temps du policier. Elle détourne le visage.

— Parce que tu as tes vendredis dans la police ? demande, sarcastique, le capitaine avant de reprendre sa diatribe :

— Je crois que depuis votre arrivée à Bagnoles, le 2 juillet, toi et les tiens n'avez pas cessé de provoquer des emmerdements. Tu ne pouvais pas rester au Havre et nous laisser peinards, ici ? Il n'y a pas eu d'affaire un tant soit peu mystérieuse dans le coin depuis l'assassinat des frères Rosselli, en 37, par des sbires de la Cagoule qui travaillaient pour Mussolini. 1937, deux morts, deux étrangers encore. À peine arrivés ici, vous nous levez une affaire d'*overdose* de mineur ! J'ai le signalement de l'hôpital sous les yeux.

Alison J. Celerier tousse. Elle voudrait intervenir et dire que l'ex-commandant Georges Faidherbe n'est pas précisément un mineur. Le capitaine est lancé, rien ne peut plus l'arrêter.

— Puis un cousin, un marginal, un semi-clochard alcoolique bien de chez nous, noyé après avoir été écrabouillé par des jeunes délinquants qu'on a sous la main — et qui ne vont pas tarder à avouer, crois-moi. Enfin, le bouquet final, monsieur le lieutenant de brigade criminelle du Havre est enlevé puis pendu nu à la roche d'Oëtre. Si je croyais à la sorcellerie, je dirais qu'on t'a jeté un sort, ma parole. Et ça tombe sur nous !

Une pause, le capitaine fait un demi-tour sur lui-même, contemple un instant le panorama derrière les fenêtres. On ne dirait pas qu'une marche de géant à quelques pas de là descend sur une vallée verdoyante. Il songe un bref instant au Périgord, se lèche les lèvres en songeant à ses prochaines cueillettes de cèpes. Prometteuses, s'il n'est pas bloqué dans l'Orne par cette foutue enquête. Il se retourne, théâtral :

— Tiens ! Je ne serais pas surpris de voir un membre de ta tribu mêlé à ces attaques de galipote qui ont commencé, comme par hasard, avec ton arrivée.

Les doigts épais du gendarme tâtent les épaules d'Étrela. Le policier ouvre ses mains, paumes offertes, l'air désolé. Il prend une figure d'incompréhension innocente que l'autre voit à l'envers. *Qu'est-ce que c'est que cette galipote ?* se demande Étrela ? *Un oiseau ?*

— Oui, môssieur le lieutenant de police de la Seine-Inférieure ! tonitrue de son timbre fluet le capitaine. Des femmes se sont plaintes d'avoir été caressées pendant leur sommeil, chez elles, en pleine nuit, par une espèce de loup-garou dont le portrait-robot pourrait justement correspondre à l'espèce d'handicapé que vous traînez avec vous. Alors, maintenant, tu vas gentiment coopérer : je veux la liste de tous les gens que tu as approchés ici, ceux que tu as rencontrés depuis le 2 juillet, tous les lieux où tu es allé avec les tiens, tous et tout de suite !

Crampel martèle les derniers mots. Son poing frappe la table à côté de l'oreille d'Étrela. Le policier grimace de douleur. Puis, de nouveau, réaction de fuite : il ferme les yeux.

— Qu'est-ce qui lui prend, il a un malaise ? s'inquiète le géant en uniforme.

L'adjudant-chef Celerier se penche en avant, examine Étrela puis balbutie :

— Il s'est endormi, mon capitaine. Il a peut-être été drogué aussi.

Crampel est fou de rage mais sait se dominer. Il ne gifle pas le policier pour le réveiller.

— Drogué ? Mon cul ! Faites-moi une faveur, Celerier. Débarrassez-moi de ce fumiste immédiatement. Je ne veux plus le voir. Je vous le confie. Et débrouillez-vous, je veux la liste dès demain. On va me demander des résultats à propos de cet alpiniste de mes deux.

— À vos ordres, mon capitaine, répond Alison J. Celerier, enchantée d'avoir tout à elle son mignon petit lieutenant de police havrais, avec carte blanche.

Elle va pouvoir vérifier à loisir s'il est bien endormi.

14

C'est l'ordalie, l'or d'Ali de l'eau, Dali de L'Orne ...

Ce samedi matin même, à l'heure de se rendre aux Thermes, Mme Ba a appris de la bouche des gendarmes que Victor Étrela avait été agressé et enlevé pendant la nuit. Il a été retrouvé. Sain, sauf mais humilié. Les deux femmes le croyaient en planque, elles ne s'étaient pas inquiétées. Roseline confiait encore sa colère à Josette Ba au petit-déjeuner parce son policier de mari ne passait pas la nuit avec elle, même pendant les vacances.

Pendant que Roseline attend le retour de son époux, Josette Ba, inquiète et Georges Faidherbe, totalement insouciant, suivent leurs soins de cure.

D'habitude, Mme Ba n'aime pas les serpentins, les cotillons et tout le tralala. Mais quand leur *coach*, Monique, commence à entonner le fameux « À... À... À la queue leu leu » pour leur donner une énergie positive, elle sourit et se laisse même entraîner en posant ses mains sur les épaules grasses d'une septuagénaire en surpoids. La curiste qui la suit en fait autant, non sans lui broyer les omoplates tellement il reste d'énergie dans ses articulations rhumatisantes. Massage en haut comme en bas se dit Mme Ba, toujours positive.

Ce serpentin-là est constitué d'une double barre de métal et parcourt le bassin d'une des piscines des Thermes. Une dizaine de curistes, dont Josette Ba, sont baignées jusqu'au torse. Elles avancent à l'intérieur du serpentin au rythme des claquements de mains de Monique. Quand le cortège arrive au bout d'un couloir, un courant d'eau contraire fait pédaler les jambes à toute force. Il faut gagner coûte que coûte la ligne d'arrivée. Pas de retour possible. Toutes luttent solidairement, les mains appuyées sur les épaules de la coureuse qui précède. Parfois les femmes manquent de glisser mais elles retrouvent leur aplomb avec un sourire crispé. Ce couloir de marche, les curistes l'appellent fièrement le « parcours des battantes », et une sorbonnarde de quatre-vingt ans l'a surnommé « l'ordalie de l'eau ». Sans savoir qu'il s'agissait au Moyen-Âge d'un jugement divin par l'eau, les autres ont entonné « l'ordalie de l'eau « comme un mantra, réponse collective au répertoire populaire de Monique. « L'Or-da-lie de l'eau, l'or-da-lie, l'or-da-lie, de l'eau, de l'eau... »

La queue-leu-leu s'arrête. Ouf ! C'est gagné..., se dit Josette Ba en regardant goutter sa sueur sur la surface. Sous l'eau de piscine, ses jambes, comme tordues par l'exercice, tremblent dans les remous. À ce régime, ses chairs seront vite dégraissées, musclées, toniques. Dix ans de gagnés !

— Allez, mesdames ! C'est la chenille qui redémarre ! braille alors Monique.

Et c'est reparti dans l'autre sens, avec moins d'entrain cependant, elles n'ont plus vingt ans. « Il faut souffrir pour être belle ! » dit l'une pour encourager sa voisine. « Souffrir ? J'ai fait ça toute ma vie et je ne sais rien faire d'autre ! C'est dire si j'ai mes chances d'être très belle dans six semaines » répond l'autre. « Ho hisse ! Sus aux varices ! Ho hisse ! C'est dur, c'est bon, c'est dur, c'est bon, aïe ! Oui ! Aïe ! Oui ! »

— Ne vous fatiguez pas à papote ! intervient Monique.

S'il faut se taire, Mme Ba a trouvé son truc de commando : se donner un point fixe à retarder à chaque passage de bout de ligne, ça vide l'esprit et fait avancer : le bâtiment est construit à deux mètres d'une des falaises granitiques qui enserrent la vallée. Alors Josette Ba choisit une roche toute moussue que l'on aperçoit derrière la fenêtre, en fond de salle. Dehors, c'est la liberté ! L'après-midi à promener son petit Georges en marquant des étapes de bancs en bancs autour du lac. En début de traitement, l'effort est douloureux, les têtes piquent du nez. Allez ! Encore trois lignes ! C'est dur, c'est bon, dur quand même...

Un trait sombre passe sous l'eau, entre Mme Ba et la curiste qui la précède, à toute vitesse. Des plaques marron, gluantes, se disloquent dans son sillage. Qu'est cette chose dégoûtante qui nage parmi elles ? Josette Ba redresse la tête, Monique est toujours là, au bord de la piscine. La *coach* n'a rien remarqué. Elle a sorti son sifflet. On voit le bout du serpentin. Mince, encore la chose repasse. On dirait une otarie. Un cri, puis un autre. Ça clapote de panique, les jambes s'affolent, la chenille se déglingue. Madame Ba n'est pas la seule à avoir aperçu la chose. Mme Ba, elle, devine ce que c'est.

Monique met alors tous ses poumons dans le sifflet. Alerte générale.

— Une bestiole ! Y a une bestiole dans la flotte ! crie une des femmes.

Josette est la première à sortir de l'eau, avec une agilité qu'elle ne se connaissait pas encore, oubliant ses douleurs. Elle se redresse, se retourne. Les dix curistes se sont éparpillées aux quatre coins de la piscine, certaines s'accrochent au rebord à s'en briser les ongles, d'autres s'affalent lamentablement sur le pourtour ou se poussent pour échapper à cette chose sombre qui tourbillonne entre deux eaux, au milieu du bassin. Josette Ba sait bien ce que c'est.

— Il est là, il est là ! s'égosille Monique, alternant les cris et les coups de sifflet.

Deux blouses blanches sont apparues sur le seuil. La créature émerge d'un bond et s'assoit sur la barre chromée du serpentin. Le gnome velu qu'est devenu Georges Faidherbe se tient là, accroupi, pieds et mains accrochés à la barre, hilare. Il est enduit de grandes plaques verdâtres qui dégoulinent de son corps en lourdes gouttes comme un ciment dilué. Il grogne. Le petit curiste s'est encore échappé de son illutation de boue thermale. Il ne supporte pas. Il déteste quand on lui enlève les plaques séchées, ça tire sur ses poils. Il est venu retrouver sa protectrice et s'amuser dans le courant pulsé de la piscine.

— Non, il va tout nous saloper ! Sors de là immédiatement, Georges ! Attrape-le, toi, Jocelyne ! s'écrie l'un des soigneurs arrivés sur les lieux. Il sait bien que le petit monstre se laisse plus facilement manipuler par les femmes.

La soigneuse fait un pas en avant. Monsieur Georges plonge. Ça peut durer longtemps. Il est très vigoureux et adore qu'on le poursuive pour rire.

15

Le caïman, la grenouille et le dodo

Josette Ba n'en verra pas davantage. Elle revêt tranquillement son peignoir et sort en face, vers la salle de repos. Elle veut bien s'occuper de son patron, partout ailleurs et par tous les temps, elle y prend même un certain plaisir. Mais à l'intérieur des Thermes, non, pas question. C'est un sanctuaire pour elle, et elle seule. Faut pas pousser. Là, Georges est pris intégralement en charge par le personnel et la Sécu. Elle laisse derrière elle cris, bousculades et pas pressés du personnel appelé en renfort.

Une belle clarté matinale illumine la salle de repos. Les transats bleus sont tous rangés en files, tournées vers une grande baie vitrée. La pièce donne sur la falaise de l'autre côté de la vallée. Pour un peu, en oubliant l'arrête du bâtiment en briques rouges qui se découpe à gauche, on se croirait à la proue d'un paquebot. Mme Ba s'allonge dans un fauteuil, prend une serviette, la pose sur son visage, et pousse un grand soupir de soulagement. Tout oublier. Même son protégé. Le petit monstre fait maintenant galoper tout l'établissement derrière lui. Oublier aussi sa fille qui lui fait la tête parce que sa mère est partie « en vacances » sans égard pour sa propre famille. La jeune maman voudrait confier le plus souvent possible son petit à sa mamie. Elle est jalouse du monstre Faidherbe maintenant. Oublier aussi qu'Étrela a eu des ennuis et que Roseline a des soucis. Faire le vide. Quelques minutes.

Josette Ba va s'assoupir quand elle entend qu'on s'assoit devant elle, sur sa droite. Elle reconnaît les voix. Ce sont les trois originaux de la saison. Il en faut toujours au moins un. Cette année, la cure a gagné un trio. Josette relève le coin supérieur droit de sa serviette et regarde.

Il y a le septuagénaire tout maigre à la peau complètement zébrée de rides profondes, aux cheveux encore bien noirs, en pétard, comme en permanence au saut du lit. Celui-là, Mme Ba l'a surnommé le Caïman. Il fait souvent la gueule, c'est le clown triste, à l'humour cynique. Son voisin de transat doit avoir le même âge. Bouche lippue, cheveux longs poivre et sel à frange. Belle ligne pour son âge. Pas de bedon disgracieux lui non plus. Sourire imparable pour les filles, malgré quelques dents gâtées. Josette Ba l'a appelé le Prince Grenouille, à cause de ses lèvres et de ce côté charmeur. Le troisième est toujours tiré à quatre épingles, veste, cravate. Elle ne sait pas bien pourquoi il est aux thermes celui-là. Elle ne l'a croisé dans aucun soin. À cause de son long nez et de ses cheveux gris courts bien taillés, elle l'a surnommé le Dodo, comme l'oiseau disparu des îles lointaines à bouille de vieux marquis.

Ils semblent agités aujourd'hui, se dit Josette Ba en les regardant du coin de l'œil. Le Caïman se gratte partout, le Prince Grenouille s'agite, fait couiner son siège où il ne parvient pas à trouver sa place. Le Dodo, d'habitude placide, est assis au bout de son transat, l'air anxieux. Mme Ba ne lui avait pas remarqué tous ces tics nerveux qui déforment sa bouche ou son nez. Les trois hommes poursuivent une conversation entamée auparavant.

— Et Papa qui disparaît au moment où l'on a le plus besoin de lui !.. se lamente le Prince.

« Papa » ? Les septuagénaires sont donc frères et ont encore leur père... *Mais quel âge pouvait bien avoir ce père ?* se demande Mme Ba en essayant de déterminer mentalement l'âge du disparu. Les blancs se ressemblent tous, dit-on, mais elle voit bien aux détails que tout ça est peu probable. Rien de plus captivant que le mystère.

— Sûr ! Il va nous manquer. On est bien dans la mouise, chuchote le Dodo.

— Et avec notre pognon, en plus, grommelle le Caïman.

Josette Ba tend l'oreille. Elle s'accroche à leurs paroles malgré le vacarme dans l'autre salle pour maîtriser Georges. Elle adore aussi les histoires d'héritages manqués. Le Caïman ajoute :

— Les mauvaises nouvelles ne viennent jamais seules : nos filles rentrent à Caen.

« Nos filles » ? Qu'est-ce que c'est que cette famille ? s'étonne Josette Ba, de plus en plus intriguée. Elle venait à peine de comprendre que ces types devaient être frères et voilà qu'ils partagent les mêmes filles.

— Vrai ? Comment tu sais, ça toi ? demande le Dodo, contrarié et méfiant.

— J'avais encore un peu de liquide. J'ai été faire un tour dans leur piaule hier. J'étais un peu nerveux, ça m'a fait du bien.

— C'est pas prudent, persifle le Prince.

Le Caïman s'agite, piqué au vif :

— Tout le monde n'a pas une Arlette pour lui soulager la pompe et les sacoches gratis.

— C'est juste, observe le Dodo. Elle est vieille et moche mais ça ne te coûte pas un radis. Nous, on doit casquer. Maintenant sans le sou et sans nos médocs, bernique !

— Et pourquoi qu'elles s'en vont aussi vite, les filles ? demande le Prince. La bouche entrouverte comme celle d'une tanche lui donne l'air stupide.

— André l'a dit : plus de sou et pas de marchandise, explique le Caïman. Sa face zébrée de rides pivote nerveusement de droite à gauche.

Madame Ba émet un sifflement de soupape pour endormir sa vigilance. Le même homme continue :

— Elles veulent prévenir les clients du *Vaudoo*, qu'ils prennent leurs dispositions. Si elles tardent, ils deviendront méchants.

Les neurones de Josette font du *flipper*. Encore du vaudou ! Les coquins de vieux pigeons de cure ! Les romances thermales, classique du genre. Des filles les ont ensorcelés pour leur siphonner la retraite à la braguette ! Mme Ba ne bouge pas et se permet même un autre ronflement trompeur. Elle voudrait en entendre davantage car elle prend goût à l'espionnage thermal, tellement c'est honteux et croustillant.

Mais le bruit de la cavalcade qui agite l'établissement à la poursuite de l'anthropoïde rouquin se rapproche. La silhouette de Faidherbe surgit d'un coin de la salle. Il y fait un pas, hume l'air, fixe les trois hommes, les montre du doigt et se met à hurler avant de foncer et sauter par-dessus les fauteuils comme un coureur de haies. Il échappe ainsi encore une fois à ses poursuivants sous le regard hautain et indifférent de la tête de naïade en pierre qui surplombe la porte principale de la salle. Mme Ba est rassurée au moins sur un point. Les soins font de l'effet. Et son petit Georges a désigné explicitement de l'index le trio : c'est un progrès notable dans son humanité, il est définitivement sorti de l'âge simiesque pour s'installer fermement dans celui de l'hominidé. Il ne lui manque plus désormais qu'une langue intelligible et perdre la plus grande partie de son pelage.

16

Galipote ou galipettes ?

Alison J. Celerier a fait transporter Étrela par les pompiers chez son grand-oncle Bertot. Il dort depuis vingt-quatre heures. Même le frottage et le nettoyage vigoureux de l'odieuse inscription par Roseline —finalement, ce n'était qu'écrit au feutre— ne l'a pas réveillé. Un médecin l'a vu. Il ne faut pas s'inquiéter : crise narcoleptique d'origine traumatique suivie d'un sommeil profond et réparateur. La gendarmette vient cependant aux nouvelles toutes les quatre heures. La première fois, Roseline l'a reçue avec reconnaissance mais cette insistance finit par l'agacer. Heureusement la nuit, la représentante des forces de l'ordre les laisse tranquille. Olga est ravie mais s'étonne que sa maman dorme dans sa chambre, sur un lit d'appoint.

— Papa est un peu malade, il a besoin d'être seul et tranquille.

À Josette Ba, la femme de Victor a donné une autre explication :

— Me mettre au lit et me lever auprès de quelqu'un qui ne reprend pas conscience me donne l'impression de coucher avec un mort. C'est au-dessus de mes forces.

Ce dimanche matin, Roseline Étrela est sortie prendre l'air avec « les enfants », c'est-à-dire, Olga et Georges pendant que Mme Ba se repose. Les premiers jours de cure secouent une femme qui n'est plus toute jeune : la surveillance de Faidherbe est loin d'être de tout repos. Josette Ba se réveille deux fois par nuit pour vérifier que « monsieur Georges » est bien dans son lit, qu'il n'est pas parti en maraude amoureuse à son insu. Elle lui a fait la leçon. Il semble qu'il l'ait bien comprise. Mais elle ne peut pas s'empêcher de se réveiller quand même.

Elle somnole dans un fauteuil, *Paris-Match* lui est tombé des mains, quand elle entend quelqu'un monter les escaliers et frapper à la porte de l'appartement. C'est l'adjudant-chef Celerier, cette mignonnette, qui fait sa première visite de la journée. Voyant que Mme Ba est seule, elle ose.

— Je peux le voir ?

Mme Ba est sensible à l'uniforme. Elle ne voit pas d'objection à conduire la jeune femme jusqu'à la porte de la chambre. Victor Étrela est allongé dans la pénombre, il dort sur le côté, lui tournant le dos. Alison referme la porte et appelle doucement :

— Lieutenant ?

Ni réponse, ni mouvement. En écoutant bien, on entendrait peut-être un soupir de respiration. La jeune femme s'approche, attirée par l'éclat d'une épaule nue qu'un rayon de lumière éclaire. Elle se penche au-dessus du lit et pause une main tremblante sur ce corps assoupi. Elle secoue légèrement le dormeur.

— Mon lieutenant ?

L'homme ne réagit pas, le drap glisse, découvrant une partie de son dos. Alison J. Celerier colle son oreille sur les côtes, elle écoute le cœur battre. Le sien bat bien plus vite, son oreille est brûlante. Elle n'y résiste pas et s'allonge le long du policier. Sa main passe sous le drap et glisse sur le ventre d'Étrela. Le hurlement puissant d'une voix masculine la fait sursauter et bondir hors du lit.

— Viiictor ! C'est plus le moment de dormir, ils les ont eus, ces salopards !

Une première porte puis une deuxième se sont ouvertes avec fracas. L'oncle Christophe, *L'Orne combattante* à la main, pénètre dans la chambre, tonitruant la nouvelle :

— Debout, mon best, les assassins de Tom sont pincés, c'est dans le canard !

L'oncle s'arrête, interdit, en devinant un uniforme dans la pénombre.

— Scusez, j'ignorais....

Josette Ba est derrière lui, confuse aussi :

— Je n'ai même pas eu le temps de quitter le fauteuil... il est monté comme une flèche.

Alison J. Celerier se recompose en toute hâte un air martial. Elle s'apprête à improviser une explication quand, derrière elle, une voix mâle et pâteuse bredouille :

— Je me disais bien que l'affaire était dans le canard.

Victor Étrela s'éveille. Le cri de l'oncle l'a enfin tiré des lointaines profondeurs de son sommeil paradoxal. Il se lève, inconscient de sa nudité et de la présence de deux dames dans sa chambre. Pire, sa virilité vise le plafond, lui ne le sent même pas.

Les deux femmes se retirent silencieusement vers la cuisine pour laisser le lieutenant enfiler un vêtement. Christophe Bertot garde la porte de la chambre comme un garde du corps, frappant en rythme le journal roulé sur sa paume, au comble de l'impatience.

Tremblante d'émotion, Mme Ba prépare un café. Derrière elle, Alison range sous sa casquette une boucle de cheveux tombée de son front, puis consulte nerveusement son mobile. Si l'information de *l'Orne combattante* est déjà en ligne, diffusée par l'AFP, non seulement c'est du sérieux mais les collègues de Domfront ne l'ont pas prévenue. Aucun appel, pas de SMS. Elle pianote l'adresse des nouvelles.

17

Où ça se passe de commentaires

AFP - / 07 / 10
Crime de Bagnoles-de-l'Orne : trois jeunes avouent.
Le meurtre qui a secoué la station thermale de Bagnole-de l'Orne (Basse Normandie) semble élucidé. Trois jeunes gens sans antécédents judiciaires, deux Parisiens et un Bagnolais, ont reconnu avoir tué Tom Pouque, un marginal de la localité. À la fin de quarante-huit heures de garde-à-vue dans les locaux de la gendarmerie de Domfront, les jeunes d'une vingtaine d'années sur lesquels les soupçons s'étaient rapidement portés ont avoué aux gendarmes avoir renversé l'homme alors qu'ils roulaient ivres et s'amusaient à zigzaguer sur la route. *Effrayés par l'accident, ils ont décidé de faire disparaître leur victime inconsciente. Elle a été lestée puis jetée dans les eaux du lac de Bagnoles. Ce sont les remous d'un pédalo échoué qui avaient fait émerger le corps. Les enquêteurs n'excluent pas qu'en réalité un règlement de compte lié à un trafic de drogue local soit à l'origine de cet homicide et que les inculpés soient eux-mêmes toxicomanes.*
Les derniers commentaires à cet article :

Queue misaire à not époque ! Cé lamentable. Y faut pendre ses délincants au chêne Hyppolite de Bagnoles par les parties. Et pi cé tout !

(Signaler un abus)

Où va-t-on ? Horrible, répugnant. Que fait le gouvernement ? Rien comme d'habitude. En banlieue ça arrive tous les jours, c'est normal, mais dans une petite ville tranquille comme Bagnoles, c'est honteux.

(Signaler un abus)

Encore des petits cons de Parigots gauchistes le blaze plein de schnouff qui savent pas comment s'amuser pendant leurs vacances de nantis.

(Signaler un abus)

Et un clochard de moins ! Un !

(Signaler un abus)

Bah moi, c'est simple, je vais dire à mamie qui y est en cure de quitter Bagnoles. Mamie, elle n'est plus en sécurité avec toute cette insécurité qui traîne dans les rues.

(Signaler un abus)

Alison ferme le clapet de son mobile d'un coup sec. Elle fulmine. Les gens sont cons, plus grave : ses collègues l'ont doublée. La cafetière italienne siffle derrière elle, comme un signal de fin de partie. Le café et la gendarme vont bientôt bouillir. *Café bouillu-café foutu.* Ça va chauffer, fini de jouer.

Étrela entre dans la pièce, marmonne une inintelligible formule de politesse et s'assied en bâillant à la table. Son oncle se précipite pour prendre la gendarme de vitesse. Il fourre le journal sous les yeux de son neveu. D'une manœuvre leste, Mme Ba a juste le temps d'empêcher qu'il heurte le mug de café brûlant qu'elle pose devant Victor. Christophe Bertot pointe de l'index l'article de la rubrique des faits divers : « Les meurtriers du noyé de Bagnole identifiés *manu militari* ».

— C'est des Parisiens, souligne l'oncle. J'ai rien contre les Parisiens, mais il y en aurait moins, on serait plus tranquilles, faut le dire. La preuve.

Il a l'air content, comme s'il était pour quelque chose dans l'élucidation du crime.

Étrela parcourt lentement l'exposé des faits, suivi d'un éloge de la diligence et de la sagacité des gendarmes, puis il lève les yeux vers Alison J. Celerier qui attend aussi sa réaction.

— Je ne voudrais pas vous offenser, chef, mais j'ai des doutes, articule-t-il lentement.

— Doutes ? Comment ça ? C'est écrit noir sur blanc, intervient Bertot en frappant le journal du plat de la main.

— Moi aussi, j'ai des doutes, acquiesce Alison J. Celerier.

Elle s'est assise en face de Victor puisque Mme Ba a posé là une tasse pour elle aussi. Elle ne devrait pas partager son sentiment avec un étranger à la brigade mais le regard encore ensommeillé de son lieutenant de police venu d'ailleurs fait chavirer ses certitudes.

— Il est très facile de faire avouer des jeunes, reprend le policier.

— Tu appelles ça des jeunes ? C'est des voyous, gronde l'oncle.

— Facile surtout si, effectivement, il arrive aux dits jeunes de commettre quelques infractions en état d'ébriété et de toucher quelquefois aux produits illicites. Pour peu qu'on soit pressé de donner des coupables en pâture au public, complète Alison, ignorant toujours l'intervention de Bertot.

— Est-ce qu'ils avaient de la drogue sur eux ? demande le policier.

— Un peu de chit. Rien à voir avec ce que le labo a trouvé dans le canard et sous forme de traces dans les vêtements de Pouque.

— Je peux savoir ?

Alison tend la paume. Pour toucher le beau lieutenant à nouveau. Comment passer de rapports professionnels à quelque chose de plus tendre ? Victor n'y voit qu'un arrangement professionnel.

— Donnant donnant. Désolée, il me faut au moins la liste de vos contacts ici, pour le capitaine. Et à titre personnel quelques infos à propos ce qui vous est arrivé vendredi soir.

— Je vous fais cette liste *illico*. Vous avez interrogé Gégène à propos des filles ?

Mme Ba se préparait à sortir pour prévenir Roseline du réveil de M. Victor. Le mot « filles » l'arrête à la porte.

— Le Gégène ? Au fait, ça fait un bail que je ne l'ai pas vu traîner en ville, dit Christophe Bertot.

Alison J. Celerier confirme :

— Introuvable. Je me demande même s'il ne serait pas un cadavre de plus dans le lac, lui aussi. Pour le capitaine Crampel, chaque chose en son temps. « Si c'est le cas, on attendra qu'il remonte ». Voilà ce qu'il a dit.

— Vous en avez combien de noyés dans votre lac ? demande Mme Ba, horrifiée.

— Et les filles ? insiste le lieutenant.

— Quelles filles ?

Il décrit brièvement à la gendarme les deux paires de jambes de la villa *Primavera*.

— Les mini-jupes, je vois. On les a contrôlées le mois dernier. Pas vues depuis.

— Les filles, je les ai vues avec vous, Victor, au café. Mauvais genre. Ce sont elles sûrement les filles du *Vaudou*, intervient de nouveau Mme Ba à qui revient soudain en mémoire la conversation des trois hommes, le Caïman, le Dodo et le Prince Grenouille, entendue aux thermes.

— Que voulez-vous dire ? demande Alison.

Mme Ba rapporte succinctement la discussion entre les trois vieux que des filles ont laissé tomber parce qu'ils n'avaient plus ni sous ni marchandise. Elle s'excuse de ce que ce dernier mot peut avoir de sous-entendu cochon.

Des associations soudaines se font dans l'esprit d'Étrela que le café stimule. Le *Vaudou* pourrait être un club du secteur, dirigé par un type qu'on appellerait Papa. Il oriente Alison vers cette piste, mais ne veut pas insister, voulant se garder des billes dans l'affaire.

— Vous connaissez une boîte qui s'appellerait *Le Vaudou* dans le coin ? demande-t-il à la gendarmette.

— Non.

Elle ajoute à voix basse :

— Si vous voulez qu'on s'amuse, j'ai aussi mes adresses.

Étrela, interloqué de l'invitation, ne réagit pourtant pas. Il préfère détourner l'attention sur les jeunes arrêtés par la gendarmerie, soupçonnés de la mort de Tom Pouque.

— Les jeunes y sont sûrement allés. Ça vaudrait le coup de vérifier à quels moments et à quelles heures. Sinon, ils étaient déjà en garde à vue quand j'ai été agressé, non ? Il faut les sortir de là, ces gamins.

Alison J. Celerier l'entend bien. Elle pourrait rechercher rapidement un club *Vaudou* sur son mobile, en sa présence. Mais comme Étrela fait semblant de ne pas comprendre l'intérêt qu'elle lui porte, elle se fait boudeuse, ne touche pas à son téléphone. Elle revient à ce qu'exige d'eux son capitaine. Après tout, il doit s'y soumettre :

— Et ma liste ?

— J'ai besoin d'un peu de temps pour récupérer mentalement, mais je vous l'apporte avant midi. Ça vous ira ?

— De vous, tout m'ira, laisse-t-elle échapper avant de se lever, saluer et sortir, souriante de nouveau.

Mme Ba fait la moue.

18

Que la lumière soit sur Papalegba

— Cette gendarme-là en pince pour vous, Victor, commente Josette Ba. Ça ne va pas plaire à Roseline. Je vais la prévenir que vous êtes debout. Je le dis tout de suite, je sais garder ma langue, mais ça ne me plaît pas à moi non plus.

Christophe Bertot ajoute son grain de sel.

— Tu n'avais pas assez d'un mort pour te gâcher les vacances ? Moi, ça ne me regarde pas. Réfléchis quand même avant de faire le con. Quand on a une perle à la maison, on ne va pas dans la bijouterie d'en face, encore moins dans la gendarmerie. Tu vas trahir ton corps ! Conseil de vieux sage. Je te laisse le journal. À tantôt.

Resté seul, Étrela est éberlué. Il a l'impression de vivre une histoire de fou. Ce n'est déjà pas facile de revenir à la réalité après tout ce qui vient lui arriver, se retrouver dans un Feydeau à Bagnoles, c'est trop. Il préfère encore se perdre dans les embrouillaminis proustiens. Il empoigne le combiné de téléphone, appelle le capitaine Fésol, un de ses collègues de la brigade criminelle du Havre. Il est limpide, lui, Fésol.

— Déjà rentré de cure ? s'étonne Fésol. Ça tombe bien, Rolande veut vous inviter à dîner avec la petite. Elle ne l'a pas vue depuis trop longtemps.

Le couple Fésol a deux garçons. Rolande Fésol répète à qui veut l'entendre qu'elle est en manque de fille.

— Non, nous sommes encore à Bagnoles et c'est agité ici. Tu parles de vacances ! Je t'expliquerai. Pourrais-tu me fournir un tuyau ?

— Si je ne peux pas personnellement, je mettrai dessus Lebru ou Durozier, dis toujours. C'est calme en ce moment pour nous.

— Merci d'avance, Émile, Pourrais-tu savoir s'il y a dans un rayon de deux cents kilomètres de Bagnoles un établissement qui s'appelle le *Vaudou* et un type qu'on appelle « Papa »?

—Tu te fous de moi ? T'as pas Internet ?

— Rien de plus sérieux. Je n'ai pas de connexion ici. Ça fait partie de la cure, selon Roseline.

— Bon, ton *Vaudou* ça devrait être faisable, mais « papa », il y en a des millions, sinon des milliards de types qu'on appelle papa ! Enfin, s'il n'y a que ça pour te faire plaisir... Je te rappelle. Au fait, le patron, ça va ? ajoute Fésol dont Georges Faidherbe reste affectivement toujours le chef, malgré sa malheureuse métamorphose.

— Le patron est dans une forme éblouissante, il galope même.

— Tant mieux, se réjouit Fésol.

Quelques minutes passent. Étrela est en train de raser sa barbe de deux jours quand la sonnerie du téléphone retentit. Il applique le combiné sur la mousse.

— On voit que y en a qui se la coulent douce ! s'exclame Fésol. Il existe un *Vaudoo Lounge* à Caen, un night-club, —il prononce « nid-de-club »—, je te donne l'adresse et le numéro de téléphone. Ça vous changera du casino de Bagnoles, je pense, Roseline et toi. Allez ! profitez du bon temps quand il en est encore temps.

— Bravo Fésol. Et « papa »? s'impatiente Étrela, devinant que son collègue s'amuse à retarder l'information qu'il est le plus fier d'avoir découverte.

— Accroche-toi, jeunot. Cet établissement de distraction nocturne appartient à un certain Papalegba. Delmence de son petit nom. On dit merci qui ?

— Merci Émile. Ce n'est pas tout, j'ai encore un service à te demander.

— Décidément, je te préfère au boulot qu'en congé. Je te sens venir... C'est non, niet, il n'en est pas question. Caen n'est pas notre territoire.

— Vous passerez seulement y boire un pot avec moi, toi, Lebru, Durozier, et Chouchen, le carré de la vieille garde, l'équipe, quoi. Arrange-moi ça.

— Parce qu'il te faut tout le monde pour te border la nuit. Tu fais des cauchemars en congé ?

— C'est pire que ça. Il y a eu mort d'homme, un cousin.

Au bout du fil, un silence qu'Étrela devine bougon.

— Mince alors ! Mes condoléances. Quand ce pot ? finit par demander son collègue en ronchonnant.

— Ce soir, sur le coup de onze heures.

— T'es pas fada ? hurle Fésol, exaspéré d'autant de culot, effrayé aussi d'avoir à annoncer à sa femme qu'il ressort cette nuit. Il continue :

— Comme ça à l'improviste, se faire cent bornes aller, autant de retour, cette nuit. Et nos vies de familles ? Tu y penses à nos vies de famille pendant que tu lézardes dans l'Orne ?

Cet éclat est suivi de quelques secondes de silence. Puis, en ricanant, le Fésol ajoute :

— Tiens, voilà Lebru, je vais lui demander ce qu'il pense de ta proposition.

Le capitaine Fésol a certainement mis la main sur le micro du combiné car Victor Étrela n'entend plus rien. Soudain un raclement de gorge lui fait savoir qu'ils sont de nouveau en communication.

— Alors ?

—Alors, Lebru a accepté, répond lugubrement le capitaine, ... pour m'emmerder évidemment. Il vient de ressortir embaucher les

deux autres. Victor, *em fas cagar*, conclut-il en catalan.
— Ça, c'est sympa. À ce soir, Émile.

Chapitre 19

Deux amours de *schwein*

Il a été plus difficile de convaincre Roseline de ne pas suivre Victor en virée au *Vaudou Lounge*. Argument de poids : sortie professionnelle. Étrela n'y sera pas seul. Il ira avec Georges Faidherbe. Ses collègues aussi seront là-bas.

— Parce que tu comptes sur ce petit cochon et sur tes collègues pour veiller sur toi ? a demandé la belle métisse en tournant les talons.

Depuis elle est muette. « Petit cochon », Roseline y va fort. Marcassin passe encore, a répliqué son mari. Ça ne la fait pas rire. Il est vrai que l'ex-commandant la regarde parfois d'un drôle d'air, surtout lorsqu'elle se promène en nuisette courte dans les rais transperçants d'une lumière matinale. Roseline aimait le charme courtois de Georges Faidherbe, quinquagénaire normal. Elle l'a consolé quand il a plongé dans l'enfance et l'origine de l'humanité mais, depuis que l'évolution inverse a démarré, que Georges grandit, redevient ado, remonte les degrés quatre à quatre jusqu'à l'*homo sapiens sapiens*, sa concupiscence réveillée indispose l'épouse de Victor Étrela.

— Emmener Georges dans un bar à putes, à une heure et demi de Bagnoles ! Vous n'y pensez pas sérieusement ? Vous devenez un cochon, Victor. *Schwein* !».

En allemand, dans la bouche de Mme Ba, c'est encore plus violent, encore plus insultant, surtout accompagné d'un index et d'un auriculaire pointés rageusement vers lui. Elle est convaincue qu'Alison a versé un philtre érotique dans les veines du lieutenant. Déjà qu'elle a du mal à contrôler Faidherbe sur ce plan-là ! La nounou se sent trahie. D'où la sortie que Josette Ba a faite au lieutenant quand elle a appris qu'il emmenait l'ex-commandant au *Vaudoo Lounge*. Étrela a pourtant dit « night-club » comme Émile Fésol, pour son côté un peu désuet, charmant, en somme : sans danger. Il a eu beau lui parler d'un « dancing » où deux trois sexagénaires de la haute société caennaise devaient se tortiller mollement sur la piste, par crainte de trop suer, au rythme tranquille d'une rumba, rien à faire. Mme Ba qui a autant de nez que Georges ne l'a pas entendu ainsi.

—Tu parles, Charles ! Un bar à putes, oui ! Je vous le répète, Victor, vous devenez un gros cochon !

Elle a éternué de nouveau son « Schwein ! » et a tourné aussi sec les talons.

— Mais j'ai besoin de son flair ! a crié le policier.

Une porte claquée lui a répondu.

Un peu plus tard, Étrela et Faidherbe font une belle paire de cochons, rouges de chaleur et de confusion, assis sur le siège arrière d'un *Scénic* à la climatisation coupée, encadrant la petite Olga qui ne comprend pas ce silence pesant, inhabituel dans l'habitacle. Victor s'est plongé dans son Proust mais il n'y comprend rien, il ne parvient même pas à retrouver sa ligne. Devant, les femmes ont pris la direction des opérations, au moins jusqu'à ce qu'on monte à la mairie de Bagnoles où a lieu un spectacle de théâtre de rue. Elles se sont décidées en feuilletant rageusement la rubrique « Sortir en bocage » d'un numéro du journal local, se refusant à préparer le repas pour ces deux cochons qui mangeront où bon leur semblera. Entre hommes. Quant à elles, elles n'ont pas faim. Ce spectacle les nourrira suffisamment en leur changeant les idées.

Roseline gare le véhicule en contrebas du château-mairie, une bâtisse isolée du reste de la ville, qui tourne le dos à un bois. C'est une architecture de conte de fées, avec une toiture hérissée d'immenses cheminées plates et une façade flanquée de grosses tourelles pointues auxquelles font écho deux autres, plus fines, au-dessus du perron d'entrée.

Olga, installée dans un porte-bébé sur le dos de son père, est ravie. Elle claque des mains pour accompagner une musique de dessin animé sortie de haut-parleurs. Le spectacle a lieu devant le château, entre la fontaine ovale et la maison. Étrela s'approche de Roseline qui, en avant, cherche une place où s'asseoir dans la foule déjà installée sur les gradins. Il pose la main sur l'épaule de sa femme. Roseline se libère vivement. Elle est encore fâchée. De son côté, Madame Ba maintient fermement George contre elle afin qu'il n'aille pas s'ébrouer dans le jet d'eau du bassin. Ils trouvent une place sur le premier gradin, où les spectateurs rechignent à s'asseoir lors de spectacles comiques, de crainte d'être désignés comme aimables participants invités à monter sur scène avant de s'y voir ridiculisés.

Un bric-à-brac d'objets et d'instruments encombre l'estrade : bidons en ferraille posés sur des trépieds, triangles en suspension, morceaux de tôle accrochés à deux bouts de bois, trompettes fixées sur des tiges. Une cymbale géante trône au fond. Au-dessus, est tendu un réseau de filins entrecroisés, sur lesquels sont fixées des dizaines d'ampoules encore éteintes. Deux bicyclettes encadrent ce fatras, une rouge et une bleue. La fourche avant, sans roue, est fichée dans l'estrade. Au niveau de la roue arrière partent des fils électriques. Faidherbe renifle l'installation en tirant du cou. C'est la même odeur que celle du train électrique : un parfum de soufre et de poivre qui chatouille les narines.

— Regardez Roseline comme il se tient bien droit maintenant, dit Mme Ba.

— Oui, il semble se redresser, même lorsqu'il marche.

— C'est amusant, j'ai l'impression parfois de retrouver des expressions et même les traits de monsieur Georges quand il était...

— Plus jeune ou plus vieux ? C'est vrai, on dirait qu'il redevient un homme maintenant. Il rattrape le temps perdu, conclut Roseline avec un sourire ironique.

Mme Ba soupire.

— C'est bien ce qui me chagrine.

Un comédien avance sur la scène, vêtu d'une queue de pie trop grande pour lui. Il porte sur la tête une perruque aux cheveux ébouriffés qui tombent sur des lorgnons. Il se présente : c'est un musicien, inventeur d'instruments inouïs. Il explique qu'il n'a plus d'énergie pour faire chanter ses machines car ses deux assistants l'ont quitté. Dépité, il écarte les bras et désigne les deux vélos vides de part et d'autre de lui.

— Il me faut des jambes ! Des gambettes ! Des gambettes ! s'exclame-t-il.

Le public entonne l'appel à sa suite. Puis le comédien rapproche doucement ses bras, tend les index pour désigner des spectateurs, s'arrête sur certains qui baissent la tête ou feignent de regarder derrière eux.

— Moi ! Moi !

Ces deux voix qui tonitruent avec l'accent d'une mouette havraise sont celles de Josette et de Roseline. Étrela n'a pas le temps de réaliser que sa femme s'est déjà levée pour rejoindre le saltimbanque. La passion du vélo est irrésistible, doublée par l'envie d'agacer son mari. Josette Ba se retourne vers Étrela avant de suivre Roseline.

— Surveillez bien votre patron, Victor. C'est encore vous l'aîné.

Puis Roseline s'adresse à Josette, assez fort pour que son époux entende :

— Celle qui lâche les pédales la première fait le troisième petit cochon ce soir !

— Dieu m'en préserve, je préfère encore le grand méchant loup ! répond Mme Ba en riant.

Les deux femmes enfourchent leurs montures sous les vivats du public. Le musicien siffle le départ. Elles commencent à pédaler au rythme du sifflet qui s'accélère. Le plateau s'illumine petit à petit au-dessus du tas de ferrailles qui frémit de mouvement et de sons. Des cloches résonnent, une rythmique métallique se met en place, des instruments à vent ronflent au fond de la scène.

— Encore plus vite, mesdames, encore plus vite !

Les pédaleuses se jaugent et se défient amicalement. Incroyable, se dit Étrela, elles font la course ! Josette ne soupçonne pas la force des mollets de Roseline, ancienne cycliste régionale catégorie benjamine, mais celle-ci ne connaît pas la nouvelle vigueur de la curiste Ba dont les rondeurs sont trompeuses.

Le lieutenant suit ces efforts avec consternation quand il sent un chatouillis au creux des reins. *Le commandant a envie de jouer*, pense-t-il aussitôt. Il est vrai que Georges Faidherbe ne se tient pas tranquille longtemps. Étrela se retourne pour le rabrouer gentiment.

— Coucou !

La gendarmette est tout sourire à côté de lui.

— Elle est à vous, cette jolie petite ? Je ne savais pas que vous étiez papa. C'est excitant. Vous me la prêtez une minute ?

Le temps d'une claque sur la patte de Faidherbe qui commençait déjà à tâter de la militaire et Alison J. Celerier tend les bras pour soulever Olga.

Un peu déconcerté, Étrela laisse faire.

— Vous m'avez oubliée. Ce n'est pas gentil. J'attends toujours la liste, reprend la jeune femme.

Étrela se frappe le front, sort de sa poche intérieure une feuille de papier pliée et bafouille des excuses qu'Alison J. Celerier n'entend pas. Le volume de la musique a augmenté, jusqu'à couvrir désormais le roulement des deux pédaliers. Des pantins en boîte de conserve juchés sur des petits vélos se croisent sur les filins sous lesquels les ampoules clignotent frénétiquement, d'autres apparaissent et disparaissent du bric-à-brac en frappant de leurs mains métalliques des petites cymbales. Une rampe lumineuse clignote au rythme d'un piano sur lequel joue le musicien, debout, complètement survolté. C'est alors que les deux vélos s'élèvent par l'arrière, puis tournent doucement sur l'axe de leur fourche avant plantée dans le sol. Le public s'esclaffe, tape des mains en rythme. Les pédaleuses, la tête en bas et les fesses en haut, n'en paraissent pas perturbées. Elles continuent à mouliner à qui mieux mieux.

Le lieutenant rougit de colère. En plus, Alison s'est collée contre lui pour échapper aux mains baladeuses de Faidherbe. Ou pour le coller simplement. C'est gênant. Heureusement, Roseline a le nez vers le sol. Tout à coup, un formidable arc électrique, accompagné d'un crépitement terrible, éblouit la scène, reliant chaque vélo d'une longue lueur spectrale. Étrela, comme les autres spectateurs du premier rang, recule sous le choc, aveuglé. Quand il recouvre la vue, Faidherbe a disparu. Olga est toujours dans les bras de la gendarme, ses petites mains sur les yeux. Elle rigole. Le murmure effrayé de la foule des spectateurs monte en puissance. Étrela crie à Alison comme si le tapage musical durait encore :

— Vous pouvez me la garder ? Une urgence. Sa maman est là, sur le vélo rouge.

Il quitte la tribune en courant, le porte-bébé encore sur le dos. Coup de chance, il s'est dirigé du bon côté. Faidherbe est au-dessus, de l'autre côté des gradins. Il va disparaître derrière la tourelle de droite de la mairie, courant à quatre pattes en direction d'un parc boisé. Le fugueur a peur. Victor aussi. Dans un bois qui plonge dans la pénombre du soir, il ne retrouvera pas Georges de si tôt. Il s'élance à sa poursuite. Littéralement, il faut garder à vue le commandant sinon c'est fichu. Étrela aperçoit la silhouette atypique, devant une petite chapelle blanche bâtie à l'orée du bois. Faidherbe fait un bond, passe par-dessus la porte en métal qui ferme la chapelle, mais à laquelle il manque le panneau supérieur en ogive. Maintenant, Faidherbe est à l'intérieur.

— Mon commandant, sortez de là ! C'est moi, Victor. N'ayez plus peur !

Un cri effroyable lui répond, amplifié par l'écho d'une nef vide. La porte, pourtant massive, tremble comme sous les coups d'un être surhumain. Étrela recule. Il heurte la tombe d'un certain Théodomir, l'esprit en proie aux *scenarii* fantastiques les plus extravagants. L'arc électrique et la maladie incroyable de Faidherbe... les loups-garous, la *Mouche*, *Hulk*. Silence. Il s'assoit sur la tombe, le regard fixé sur la porte de la chapelle, interdit. Soudain, les deux battants s'ouvrent violemment, cognent les murs, rebondissent en grinçant, finissent par rester à demi ouverts. Le policier, après avoir reculé d'un mètre sur les fesses, se relève, repère par où fuir au plus vite sans risquer une autre chute, puis se rapproche prudemment de la chapelle. Il s'arrête. Ça bouge derrière le battant. Le frottement d'un corps sur le métal. Deux têtes, presque collées l'un à l'autre, passent alors prudemment la porte, comme un monstre bicéphale : une tête chauve en dessus, une plus petite dessous, celle de Georges que le lieutenant reconnaît avec soulagement. La supérieure pourrait être celle du copain du malheureux Tom Pouque, son cousin.

— Gégène ? essaie Étrela à l'adresse de la tête chauve.

20

Chez Goupil, un nain roux

Cette chapelle funéraire, mausolée vide des frères Jean et Louis Goupil, peut servir de cachette idéale. Le bonhomme tapi à l'intérieur correspond à peu près au portrait que lui ont fait de l'homme Mme Dubreuil et les gendarmes. L'odeur sûre d'alcool mâtinée de crasse qui émane de l'être informe en guenilles marron, derrière lequel s'abrite un Faidherbe aux cheveux roux hérissés comme les piquants d'un porc-épic, ont convaincu le lieutenant qu'il vient de tomber sur une des pièces manquantes du puzzle.

— Eugène... Eugène Saint-Ernier, s'il vous plaît, grogne le poivrot. Qui êtes-vous, vous ?

— Police.

Saint-Ernier fait grimacer son visage mal rasé, chiffonné, grisâtre, plisse son crâne chauve et tord une bouche édentée sur laquelle zigzague une fine moustache maladroitement taillée. Une branche de ses lunettes en écailles tient grâce à un pansement de sparadrap sale. Il lorgne le porte-bébé accroché sur les épaules d'Étrela.

— Z'avez vos papiers, papa poulet ?

Le policier tire sa carte de la poche intérieure de son blouson et l'agite sous le nez de l'homme.

— Ça va, je me rends, déclare Eugène Saint-Ernier. Mais j'exige, —vous m'entendez—, j'exige une protection rapprochée et pinard à volonté, sinon je bouge pas d'ici.

— Vous aurez le pinard, promet Étrela.

— On voit que vous savez négocier, vous. Z'êtes de l'antigang ?

Un feulement plaintif sourd de la gorge du jeune Faidherbe. Le ton tranquille de cette conversation l'a rassuré, il se laisse enfin aller à exprimer un sentiment.

— Il est à vous, ce singe endimanché qui me colle ? demande Saint-Ernier. Débarrassez m'en tout de suite, il me pompe l'air. Je n'aime pas les animaux, ils me filent le bourdon avec leurs airs mélancoliques.

— Il a peur, explique le lieutenant, mais il n'est pas dangereux. D'ailleurs, ce n'est pas un animal, mais un jeune homme préhistorique.

— Et il a raison d'avoir peur, comme moi. Préhistorique, mon cul ! Je le connais, votre macaque, je l'ai croisé plusieurs fois la nuit et s'il a vu lui aussi ce que j'ai vu, il a raison de se cacher.

Derrière eux, on entend des bruits de pas. Des gens accourent.

Eugène Saint-Ernier tend le cou de côté pour observer par-delà la silhouette du lieutenant.

— Qu'est-ce que c'est que ces grognasses ?

Il plisse les yeux derrière ses lunettes puis se fend d'un vilain sourire.

— Après le singe, l'Afrique et... la gendarmerie, foutre Dieu !

Roseline, Olga dans les bras, court vers son mari, suivie de madame Ba qui souffle un peu. Un peu plus loin, trottine Alison J. Celerier au pas de gymnastique avec une souplesse élastique. Elle vient voir l'urgence d'Étrela. Celui-ci n'a que le temps de détacher le porte-bébé de son dos pour le lancer à sa femme. D'un mouvement vif pour un homme loin d'être à jeun, Saint-Ernier enlace Faidherbe, pivote, le jette à l'extérieur, comme aurait fait un judoka, et tire la porte à lui. Étrela esquive Faidherbe, avance le pied, la bloque avant que Saint-Ernier ait pu la refermer. Ce con lui écrase ses Clarks de dix ans d'âge. Le policier s'arc-boute, et prenant appui sur le seuil de la chapelle, oblige l'alcoolique qui manque de vigueur à céder. Dès que l'ouverture est suffisante pour qu'il puisse entrer, il s'introduit dans la chapelle. Une odeur suffocante l'assaille. Étrela blêmit et, se retenant de vomir, tire le loquet derrière lui. On y voit encore, c'est déjà pas si mal.

— Et maintenant, fini de rigoler, gronde Étrela, nous allons nous mettre à table, Eugène.

— C'est ça, mon canard, enfin entre hommes.

21

Une mémoire de trou de tombe

À l'intrusion du policier, le bonhomme a reculé au-delà des deux fosses vides, devant sa mobylette appuyée contre l'autel de la chapelle funéraire. Voyant maintenant qu'il n'a pas affaire à une armoire à glaces, il prend de l'audace, s'avance alors en titubant sur l'étroite bande qui sépare les deux trous mortuaires, les mains en avant. Étrela le laisse approcher puis le cueille d'un direct du droit. Les lunettes volent. Eugène Saint-Ernier recule en titubant, manque de tomber dans une des fosses, heureusement peu profonde, puis s'écroule sur sa mobylette. Le siège couine, Saint-Ernier gémit.

— T'en veux d'autre ? demande Victor Étrela.

— Ça ira comme ça, papa. J'ai le sens de l'humour, mais pas trop, pleurniche Saint-Ernier, en se frottant la mâchoire. Je voulais seulement te faire un câlin. Plus de violence, j'accouche.

— À la bonne heure ! Et dépêche-toi, je suis très demandé.

Effectivement, on tambourine follement à la porte. Roseline l'appelle avec des sanglots dans les cris. Olga braille, Faidherbe hulule et Mme Ba entreprend de démolir la porte. Alison a sorti son arme de service et, entre les corps des deux femmes, regarde si elle pourrait faire sauter la serrure à coups de pétard.

Une poussée de colère envahit Étrela déjà échauffé par la fugue de Faidherbe et son bref pugilat avec Saint-Ernier. Les tourments qu'il endure à Bagnoles depuis qu'il y est en vacances le submergent. Il craque. Tambourinant à son tour sur la porte, il hurle à l'adresse des femmes :

— Mais il n'y a pas moyen d'être tranquille une minute ici ! Foutez-moi la paix ! Allez-vous en, je travaille, moi, bordel de Dieu !

Un grand silence se fait. La troupe féminine consternée puis ulcérée, recule. Même Olga s'est tue, stupéfaite. Elle n'a pas reconnu son père dans cette voix de dément. Où est-il passé ?

À l'intérieur du mausolée des frères Goupil, dans le calme rétabli, Saint-Ernier commente tranquillement :

— C'est vrai, ça. On travaille. Il me faut du calme : je veux accoucher sans douleur.

Après s'être dégagé et avoir redressé sa mobylette, il s'est confortablement allongé dans la fosse de droite qui lui sert de tanière, avec couverture et journaux. Ainsi installé dans sa couche de misère, le bonhomme a comme des reliquats d'élégance, pense Étrela. Le nom à consonance noble, la fine moustache, un phrasé précieux aux mots pourtant orduriers y sont sans doute pour quelque chose. Saint-Ernier décapsule une bière d'un geste princier et allume une Gauloise sans filtre.

Étrela saute dans l'autre trou, s'assoit puis s'accoude sur la séparation entre les deux fosses. Gégène lui tend la bière. La bouteille est sale d'une poussière grisâtre, mélange de terre battue et de poussière d'encens, avec des filets d'eau noirâtre qui dégoulinent du goulot au cul de bouteille.

— La laisse pas chauffer, Marcel, elle est fraîche. C'est de la bonne : brassée par Tom — paix à son âme— et mise en bouteille au château. Enrichie à l'eau de source, elle est aussi agréablement laxative, comme je suis un peu constipé, elle me soulage. À la tienne, cher ami, mais casse pas le litre, c'est une des dernières !

— Arrête de faire le mariole. Tu as vu ce qui est arrivé à Tom. Alors ?

Gégène geint de nouveau.

— Me bousculez pas, depuis mon accident à la banque, j'ai des confusions, des absences. Je suis plus foutu de lire deux chiffres. Mais faut pas tout confondre.

Il s'ouvre aussi une bouteille et poursuit :

— Nous, je veux dire Tom et moi, on donnait que dans la bière de contredanse. Je sais que c'est pas ma faute, la mort du pauvre Tom. Je lui avais dit de pas se mêler de ça. Quand j'ai vu samedi ce qu'ils lui avaient fait, j'ai eu peur. Tout le monde savait en ville qu'on était très copains. Je me suis planqué ici.

— Se mêler de quoi ?

— Le Tom, en donnant de temps en temps un coup de main au gars des petits trains à Clécy, il s'était rendu compte que des types qu'il avait croisés ici jouaient un drôle de manège. Y en a un qui déplaçait une figurine de la maquette un jour, un deuxième venait et la replaçait un autre jour. Des mômeries quoi !

— Quel genre de types ?

— Des vieux, des curistes, je crois. Tom ne me les a jamais montrés. D'ailleurs, je n'aurais pas voulu les voir.

Étrela est incrédule :

— Tu me mènes en bateau ! Des mômeries de vieux ?

Saint-Ernier tire sur sa cigarette avec une préciosité de vieux marquis, avant de continuer. Il apprécie le moment de suspense qu'il entretient. Ce n'est pas tous les jours qu'il a le temps de s'amuser en sûreté à un mètre d'un flic. Surtout ces derniers temps où il a vécu dans la peur. Il jouit de son soulagement avec la perversité faussement ingénue d'un sybarite.

— Tom les a pistés. Ils se déplaçaient à vélo dans tout le pays, comme lui. Moi, je préfère la mob. Bref, il a découvert qu'ils jouaient à une sorte de chasse au trésor. C'est toujours le même qui planquait quelque chose dans des endroits différents, et les autres, tantôt l'un, tantôt un autre, qui le récupéraient.

— C'était quoi ?

— Le trésor ?

— Tu veux une mandale ? s'énerve le policier. Je ne suis pas en service, c'est gratos.

— C'était de la poudre.

— De la drogue ?

— Oui, mon cher, de la coque, de la schnouff.

Saint-Ernier se met à rire puis reprend.

— Et le Tom leur a piqué la dernière livraison, qu'il a planquée dans une cachette à lui.

Retour des gémissements.

— Je lui avais dit de pas toucher à ça, que c'était dangereux. Nous deux, on avait le pinard, la bière et le calva. On était heureux. T'en fiche, le Tom, il voulait se faire du pognon, s'acheter la même gratte que le guitariste des Sex Pistols. Un rêve de gosse. Faut dire qu'il touchait pas de pension comme moi, le pauvre, seulement le RMI.

— Et toi, dans cette histoire, quel rôle ? demande Étrela avant de porter la bouteille à sa bouche, vaincu par la soif. Il avale le contenu aigre.

— Moi rien. Je me suis inquiété de plus voir le Tom les derniers jours. Il lui arrivait de s'absenter et même de dormir dans un fossé des nuits où il était trop bourré pour rentrer mais jamais deux nuits d'affilée. Quand je l'ai vu sortir du lac mercredi, ficelé et noyé, j'ai pris peur. J'ai compris que les trafiquants l'avaient découvert puis buté. Aussi sec, je suis venu me cacher ici. Je ne sors que la nuit. Sauf que ça grouille d'insomniaques en ville. C'est dans les rues que j'ai croisé votre macaque endimanché et des types qui ont embarqué un homme qu'ils sont allés suspendre à la roche d'Oëtre samedi. Quelle imagination ! Quel spectacle !

— Tu les as vus faire ?

— De nuit ! Je m'étais approché de chez Tom, je ne sais même plus pourquoi.

Il frappe sa tempe de l'index.

— Mes absences.

— Tu pourrais les reconnaître ?

— Non. Mes absences.

Et Saint-Ernier, en ricanant, avale une lampée de sa cuvée 2008.

Étrela saute d'un bond sur l'étroite maçonnerie qui sépare les deux tombes, vacille d'avant en arrière mais parvient à ouvrir la braguette de son pantalon :

— On arrose ta mise en bière, fumier ?

Gégène hurle, éclaboussé d'un jet de pisse. Étrela redescend dans sa fosse. Cet accès d'énurésie agressive ne lui ressemble pas. Il met ça sur le compte de cette bière frelatée. N'empêche, ça fait de l'effet.

— Pas de blague, commissaire. Ils étaient grands, maigrichons, un peu voûtés, et je pourrais reconnaître la voiture. Un Kangoo mais de chez Fiat. Je peux pas vous dire l'immatriculation exacte, je ne reconnais que les lettres, plus les chiffres, je vous l'ai déjà dit. C'est gênant, vu que j'étais banquier avant mon accident... AB, trois chiffres, CA.

— La couleur ?

— Nuit. Bleu nuit, gris nuit, noir nuit. C'était une couleur sombre. "Une fourmi noire, sur un tableau noir, dans une nuit noire, Dieu la voit", nous disait le curé au catéchisme quand j'étais gamin. Je ne suis pas le bon Dieu.

Gégène se signe avec sa cigarette. Il commence à faire sombre dans la petite nef funéraire. Le bout incandescent dessine la croix dans l'espace.

— Comment tu les as suivis ?

— Facile. À cette heure-là en ville, pas une seule autre bagnole à Bagnoles, eux en veilleuses, moi sur ma bécane sans éclairage avec un silencieux long comme le bras, je me croyais dans un film américain de Truffaut. C'était beau et excitant. J'étais le roi de la nuit. « Par une nuit obscure... »

Saint-Ernier, les yeux clos, après une bouffée de tabac, détache les syllabes d'un poème d'une voix de fausset.

— C'est bon. Ton lyrisme, tu peux te le mettre où je pense. Tu as assisté à tout ?

— Vous êtes vulgaires, vous les flics, et sans poésie. Non, soudain, j'ai pensé qu'ils pouvaient être les mêmes qui avaient trucidé Tom, je suis reparti me planquer dans ma tombe, pauvre Nosferatu à deux-roues.

— Ça ira comme ça. Je tiens parole et je te mets sous la protection rapprochée de la gendarmerie. Tu peux leur parler de tout, sauf du Kangoo Fiat et de ton *trip* d'*easy rider* de vendredi soir. J'ai des raisons personnelles. Je suis le cousin et l'ami d'enfance de Tom.

— Ah, c'est ça. M'avait parlé de vous, le bésot du Havre qu'a mal tourné. Comptez sur moi, je ne suis pas rancunier non plus et je serai muet comme une carpe, en souvenir de Tom.

Il lève sa bouteille pour un toast et la vide d'un trait.

— Une dernière chose : le vélo de Tom, où est-il passé ?

— Pas vu, pas pris, répond laconiquement Saint-Ernier.

Étrela tire le loquet, ouvre la porte. Dans l'ombre des arbres, il ne voit d'abord plus personne. Les femmes et les enfants ont abandonné la place. Un mouvement attire son attention : Alison J. Celerier s'est malicieusement placée contre deux troncs de hêtres qui se sont joints et soudés en grandissant. Un couple de tourterelles roucoule furieusement au-dessus d'elle. En professionnelle, elle ne voulait pas lâcher sa prise.

— Adjudant-chef, le fameux Gégène est retrouvé. Vous le direz à votre capitaine Crampel. Je vous l'abandonne, il a quelques confidences à vous faire. Désormais, vous avez en plus une affaire de trafic de drogue sur les bras.

— Ici à Bagnoles ? Eh bien avec vous, on ne s'ennuie pas, dit-elle, admirative et mutine, en s'approchant. Pas un jour sans qu'il ne se produise quelque chose de palpitant.

Manifestement, elle frétille d'excitation. Étrela esquive.

— Je n'ai pas de mérite. C'est le commandant qui m'a mené ici.

— Le petit monstre ?

— C'était un grand policier. Il a tout perdu... fors le flair.

Sur ces mots, il se dépêche de rejoindre le parking. Il se doute que Roseline et Mme Ba l'ont planté là, mais quand même, s'il pouvait s'éviter le trajet à pied...

Il n'a pas fait trois pas qu'il entend derrière lui un coup sourd suivi d'un cri de matou qu'on châtre. Gégène a tenté de tripoter Alison. Maintenant, il dort bien en paix dans sa fosse. Sous son nez sanguinolent, son mégot est toujours miraculeusement allumé, droit comme un cierge.

22

Déprimants aveux

Quand Victor Étrela rentre au logis, il fait déjà sombre. Sous l'escalier, le visage de son grand-oncle s'éclaire d'une lueur rougeâtre au rythme paisible des bouffées qu'il tire de sa pipe. D'habitude, le vieil homme se couche comme les poules, se lève au chant du coq. En pyjama rayé, chaussé de charentaises, il a revêtu sa chaude veste en laine des Pyrénées car les nuits sont fraîches et humides.
— Tu n'es pas couché ? s'étonne le policier.
— Comme tu vois.
— Qu'est-ce qui se passe ?
— Je ne peux pas dormir : je remue le passé.
— Quel passé ?
— Le mien, celui de ta tante, le tien... le nôtre, quoi.
— Et alors ?
— C'est drôle, je n'arrive pas à avoir de la peine... Du détachement. Voilà, je ressens du détachement. Ce doit être ça, la sagesse. À moins que ce ne soit la vieillesse... Je me demande si je n'ai pas tout simplement perdu le goût de vivre.

Le petit-neveu ne croit pas à un début de dépression. Quelque chose a bouleversé cet homme, très sensible sous des dehors bourrus.

Victor essaie de le dérider. Ne voyant pas la chatte sur les jambes de son maître où elle finit volontiers ses journées, il demande :

— Georges n'a pas étripé Poupoune, quand même ?

— Non, Poupoune dort avec ta tante.

Le vieil homme exhale la fumée de sa bouffarde avec un soupir.

— Louison a reçu un coup de fil de Nina, tout à l'heure. Les gendarmes sont passés. Ils lui ont dit qu'ils tenaient les coupables de la mort de son fils. Quatre jeunes qui l'ont renversé avec leur voiture, une nuit d'ivresse. Ensuite, effrayés, ils se sont débarrassés du corps dans le lac. Les pandores ont même eu le manque de tact de préciser à sa mère qu'il n'était pas encore mort à ce moment-là. Voilà donc cinq vies foutues en l'air sur une connerie. Remarque, je ne regrette pas Tom, c'est au-dessus de mes forces. Mais pour les jeunes couillons, ça m'attriste.

— Je suis au courant de tout ça. Si je ne t'en ai pas parlé, c'est que je ne crois pas aux aveux.

— Mais, il n'y a pas que leurs aveux, mon petit. Il y a les indices !

— Quels indices ?

— Il paraît que le labo scientifique de la gendarmerie a trouvé des particules de peinture sur le pantalon de Tom.

— Ils viennent de la voiture des jeunes ?

— Exactement.

Étrela ne répond rien. Il porte la main à sa joue, déconcerté. Cela ne change rien aux révélations de Gégène mais dérange l'enchaînement des causalités que le policier a mentalement reconstitué. Un accident malheureux, c'est un chien dans un jeu de quilles. Il brouille le raisonnement de Victor mais avant tout cet événement fortuit a perturbé les trafiquants qui l'ont interprété Dieu sait comment. Ensuite ils ont réagi comme un essaim de guêpes affolées, en se ruant sur le premier venu, c'est-à-dire lui, le lieutenant Victor Étrela. Il faut neutraliser ces hommes avant qu'ils ne deviennent encore plus dangereux. Il devient urgent de les identifier, de comprendre ce qu'ils manigancent et comment.

Victor prend congé de l'oncle Bertot puis monte l'escalier de ciment avec précaution pour ne pas réveiller Olga.

La grande pièce qui sert de cuisine, salle à manger et salon est restée allumée. Mme Ba, assise à la table, est encore habillée, prête à ressortir. Faidherbe, assis en face d'elle devant un jeu de dominos des animaux, tourne à peine la tête. Il est d'un calme olympien et fait penser à un pépé devant sa partie quotidienne. Sur le canapé, le policier voit un oreiller, une couverture et son pyjama.

— Alors, on y va enfin, dans cette boîte de nuit à Caen ? demande Josette Ba. C'est moi qui aie lâché les pédales la première. J'ai perdu, je vous accompagne. Je ne suis pas ravie mais bonne joueuse.

Étrela est déçu, lui aussi. La nounou promet d'être ronchon. Il aurait préféré Roseline, évidemment, ne serait-ce que pour couper court à toute équivoque sur ce qui se passera là-bas. Ils ne traîneront pas au *Vaudou Lounge*, c'est un avantage.

— Ah... Le commandant m'a l'air bien calme. Il vient avec nous quand même ?

— Ne vous inquiétez pas pour lui, le rassure la nounou noire. J'ai fait avaler une petite dose de S.S. à Georges. Vous savez, le sédatif sex... enfin pour..., l'élixir de votre tonton, quoi. J'ai lu la notice, ça ne peut pas lui faire de mal. Et ça évitera coups fourrés ainsi que mains baladeuses. Mais je ne sais pas combien on a d'heures tranquilles devant nous. Je ne réponds de rien si on s'attarde.

Elle ajoute en bâillant :

— Moi, en tout cas, je suis prête.

— Vous êtes sûre ? Et Roseline ? Elle n'a pas changé d'avis ?

— Vous feriez mieux de la laisser tranquille cette nuit.

Mme Ba montre le couchage qui a été préparé à Victor hors du lit conjugal.

Quand ils sont dans la voiture, Mme Ba revient sur le sujet.

— Roseline est malheureuse et en colère. Elle a bien vu le petit manège de la gendarmette. De mauvais souvenirs lui sont revenus en mémoire. Vous vous souvenez d'Irina ? Votre femme aussi. Et cette fois-ci, ce n'est pas en risquant de perdre la vie que vous vous en tirerez ; d'ailleurs, je suis là pour veiller au grain. Vous feriez bien de faire attention, Victor, je vous le dis avec toute l'affection que je vous porte à tous les deux : vous risquez de perdre Roseline.

Les deux adultes s'enfoncent dans un silence songeur, pendant qu'à l'arrière Georges Faidherbe s'est assoupi et ronfle sourdement. Le *Scénic* file vers Caen.

23

Les Fab faux

Ça sent la marée. Une marée parfumée à l'aneth et au laurier sauce. Georges Faidherbe hume comme un chien sur une piste, toutes narines frémissantes. L'air de Caen lui rappelle celui du Havre, avec ce supplément d'herbes qu'il ne comprend pas. Un léger vent d'ouest et quelques cris de mouettes disent en effet que la mer n'est pas loin. Madame Ba couvre le faux enfant d'un gilet trop grand. Ce bassin allumé aux airs de petit port charmant, qui s'ouvre sur le canal de Caen est encadré de restaurants. Ils ajoutent à la brise du large des effluves de moules-frites, poissons et crustacés à toutes les sauces. Madame Ba n'a plus ouvert la bouche pendant l'heure qu'a duré la route, et l'habitacle n'a été animé que des gémissements de ses intestins, à peine couverts par la radio. Georges s'est réveillé en grognant à l'instant où ils se sont garés non loin du club. Les voyageurs n'ont pas mangé. Ils ont faim. Il est plus de dix heures mais on sert encore, c'est la grande ville ici.

Étrela les emmène vers la première terrasse où ils s'assoient à l'écart des derniers clients. Madame Ba déteste les produits de la mer. Pire, elle est allergique. Elle a failli mourir un jour d'une mauvaise huître. Qu'à cela ne tienne, elle prendra un steak.

— Désolé madame, il ne nous reste plus aucune viande à cuire. Du jambon ?

— Je ne mange pas de porc.

Le garçon, appuyé d'un bras sur la table, paraît confus, mais il est surtout exténué. Étrela propose d'essayer un autre restaurant. D'un geste et d'une voix autoritaires, Josette Ba l'arrête, prête au sacrifice.

— Moules pour tout le monde. Avec beaucoup de frites. Pas d'alcool, de l'eau.

La suite, assez confuse, se déroule dans une envolée de coquilles, difficilement maîtrisée par Josette et Victor. Pire, Georges fait jouer ses lèvres aussi mobiles que celles d'un primate afin d'arracher à grand bruit chaque fruit à sa coquille d'une puissance succion. Les derniers clients, qui s'apprêtaient à sortir, s'arrêtent pour observer le numéro, incrédules que d'une moule on puisse tirer tant de bruit. Étrela est pris d'un fou rire nerveux. De guerre lasse, le couple donne précipitamment toutes ses frites à Georges en échange de ses moules. Josette Ba avale chaque mollusque avec une grimace de dégoût et des haut-le-cœur. Elle ne veut pas laisser, c'est gâcher, même si c'est Étrela qui paie. Elle a perdu contre Roseline, elle est venue, elle savoure sa défaite jusqu'à l'écœurement.

Que doit penser l'employé du restaurant, affalé contre la porte, de cette étrange famille ? Pourtant, Victor ressent autant de gêne que de fierté à se trouver ainsi à part des autres, presque un marginal. Il est flic, lui. C'est déjà une anomalie, quand ce n'est pas un vrai handicap en société. Mais pour rien au monde il ne changerait de métier. Plus qu'un métier, une passion. Il baisse la tête sur sa cassolette, et rit sous cape de l'incongruité de la situation : être en congé et en mission, au restaurant en compagnie d'une noire quinquagénaire qui n'est pas sa femme, d'un enfant qui n'en est pas un, -il a été son chef-, pour démêler une affaire où lui-même a été ficelé comme une rosette de Lyon. En même temps, le lieutenant sent monter l'exaltation de se sentir au moment décisif de cette enquête qui s'est imposée à lui.

Des voix masculines le tirent de ses pensées. Elles chantent à tue-tête *You'll never walk alone* sur la place désertée à cette heure — Étrela reconnaît le standard des stades de Liverpool— et enchaînent par un *Hard days night* massacré. Étrela lève la tête, se retourne. Quatre types bâtis comme des dockers s'avancent sous les lumières de la terrasse et entrent, parlant fort, avec l'accent caractéristique du nord de l'Angleterre. Ils portent des petits bonnets retroussés d'où dépassent des franges canailles. Dockers, *hooligans* ? Ou les deux à la fois. Ils commandent des bières, le reste est incompréhensible à qui ne maîtrise pas cette bouillie anglophone dans laquelle nage un *yo' fockin' bastard* ou deux.

— Il y a match contre Liverpool ce soir ? demande Étrela au garçon qui a fini par s'asseoir sur une des chaises, en face d'eux.

— Vous rêvez ! répond l'autre avec un sourire désolé, on n'a pas encore le niveau. Ces gars sont des habitués maintenant.

— Ce sont des marins bloqués au port ?

— Même pas.

Le garçon s'approche, prend un air de confidence, parle bas.

— Et entre nous, j'ai pas très envie de savoir ce qu'ils fichent ici.

Il écarte les bras, comme pour mesurer la carrure des types.

Mme Ba, insensible aux Anglais, a terminé sa cassolette. Elle tamponne ses lèvres, avec le coin d'une serviette complètement souillée, prend un air faussement satisfait, un peu hautaine, la tête haute, puis annonce :

— Bon, allons-nous amuser à présent, comme des sardines !

— Des sardines ?

— Eh bien, vous nous emmenez bien en boîte, n'est-ce pas ?

Le lieutenant pousse ses deux acolytes devant lui sans rire, inquiet que Faidherbe tende vers les quatre malabars britanniques un museau trop curieux.

Ça sent encore les moules-frites devant la porte noire lustrée du *Vaudoo Lounge*. Josette a beau essuyer Georges à coups de lingette parfumée, rien n'y fait. C'est ajouter plus de citron à la sauce marinière qui a maculé son gilet et son pantalon. Victor sonne. Un carillon lointain résonne. Le club est ouvert à qui veut oser. Son enseigne est éclairée à gauche, une plaque bordeaux sur laquelle se détache le nom en lettres stylisées. Un judas s'ouvre et se referme aussi sec. On ne leur a rien demandé. Victor place alors son commandant devant eux, comme s'ils accompagnaient un habitué. Le judas s'ouvre une nouvelle fois. On les inspecte. Ce n'est pas une boîte à collégiens. Le personnel de tri du public hésite sûrement. Il faut faire passer Faidherbe pour un nain adulte. Madame Ba prend son air digne, le sac cabas en cuir sur le ventre lui servant de bouclier, et redresse le dos de Georges d'un doigt appuyé fermement sur la colonne vertébrale de son protégé. Georges Faidherbe pousse un petit cri rauque. La porte s'ouvre.

— Bonsoir.

C'est un bonsoir suave de voix féminine, qui traîne langoureusement la dernière syllabe. De la pénombre d'un corridor éclairé faiblement par un abat-jour rouge, une silhouette s'avance lentement. La femme est assez grande, fine, vêtue d'une robe droite en cuir au décolleté profond. Elle est coiffée d'un mini-chapeau noir sur des cheveux gris argenté. Une voilette tombe sur la moitié supérieure de son visage. Elle scrute la rue, à gauche ainsi qu'à droite. Après un soupir de soulagement, elle s'appuie à la porte capitonnée d'un velours pourpre afin d'examiner les nouveaux entrants, bras croisés sous une poitrine flambant neuve et frémissante. Elle s'attarde sur le commandant. On devine une masse humaine dans la pénombre, derrière elle.

Un videur prêt à foncer sur les nouveaux venus. On n'est jamais trop prudent. Cette femme n'est ni toute jeune malgré les premières apparences, ni taillée pour la bagarre. Elle soulève sa voilette, les regarde d'un air supérieur et inquiet à la fois. Étrela la remet. C'est la femme à vélo qui suivait les filles à Bagnoles, lorsqu'il les a rencontrées à la terrasse d'un café, rue des Casinos. C'était la mère maquerelle, pense le policier, d'où la fuite des filles au moment de son apparition à vélo.

— Ça va. Entrez, dit la femme après un silence, je vous aime bien. Surtout toi, Toulouse-Lautrec, ajoute-t-elle à l'adresse du petit Georges en lui caressant les cheveux.

24

French caennexion

Un bras surgi d'une loge échange vestes et sacs contre un jeton en plastique. Un étroit couloir sombre conduit au saint des saints après la descente de marches aux arêtes lumineuses. Là, on parvient dans l'antichambre qui vibre des basses de la boîte derrière une porte capitonnée. Lorsqu'on pousse la porte, un parfum de caramel chaud, épicé saisit les narines. La *Venus in furs* du Velvet Underground enveloppe la salle d'une ambiance musicale aussi poisseuse que décadente. *Bonne entrée en matière et pauvre madame Ba,* pense Étrela.

Au milieu de la salle, une piste de danse s'illumine sous le tournoiement multicolore d'une boule à facettes. Une barre chromée se dresse au centre, destinée à des spectacles de gogo danseuses. Personne sur la piste encore. Trop tôt ou déjà trop tard pour les quelques noctambules qui se devinent en périphérie d'une cave en demi-cercle, sombre et basse de plafond. Les clients sont affalés sur des banquettes, entre lesquelles des rideaux de néons rouges s'ouvrent sur des alcôves pour des fêtes plus intimes. Des silhouettes rapprochées parlent anglais avec des accents russes.

La femme qui les a accueillis s'est dirigée vers le bar : un long plateau en tek sous lequel un serpentin de lumière orange dessine le mot « Vaudoo ». Derrière la serveuse, une jolie noire aux dreadlocks en pétard, est punaisé un immense tissu blanc moucheté de crânes noirs qui vibrent aux éclats d'une lumière stroboscopique comme des spermatozoïdes excités. Ce n'est pas le seul motif haïtien de la décoration : des visages grimaçants aux couleurs vives, reproductions de Basquiat, ponctuent les murs de béton ciré. La femme revient vers eux, un verre de whisky à la main dont elle avale en route la moitié, d'un trait. De l'autre main, après avoir caressé d'un doigt la joue de Faidherbe, elle les invite à s'asseoir sur une banquette. Ils obéissent en tâtonnant jusqu'au tissu d'un siège.

Puis la femme danse sur un nouveau morceau, plus sauvage, un blues-rock du Gun Club au chant incantatoire presque tribal. Elle se déhanche lascivement, prenant appui de sa main gantée de cuir à la colonne. Les lumières s'entrecroisent maintenant en projetant sur les murs de grands ronds multicolores. Étrela n'ose regarder dans quelle humeur ce spectacle plonge Josette Ba. Lui-même se trouve gêné de poser le regard sur cette femme en habit de deuil qui se trémousse en face de lui. Elle pourrait être sa mère. Le commandant est fasciné. Pourvu que la drogue castratrice fasse encore effet.

— Il fait trop chaud ici, je vais me rafraîchir. Ayez l'œil sur le petit.

Josette Ba s'est levée. Le lieutenant cherche maintenant au milieu de cette alternance frénétique d'ombres et de lumières une silhouette connue, les filles de Bagnoles qu'il est venu interroger ou ses collègues qu'il a demandés en renfort. Personne en vue. La danse a pris quelque chose de langoureux, de dramatique et d'indécent. La femme secoue la tête, les yeux fermés, souffle sur sa voilette de deuil en caressant sa poitrine avec son verre. Elle doit être complètement ivre. Un reflet de spot fait rougeoyer une lésion sur son cou. Elle s'est griffée, ou on l'a frappée. Il ne manquerait plus qu'ils soient tombés dans un club S.M. Des clients la rejoignent sur la piste. Ils dansent bizarrement, eux aussi, comme possédés, se frottant énergiquement les avant-bras et la nuque en suant déjà abondamment. La femme joue à agiter ses mains en rythme devant eux comme pour les envoûter.

— Elle s'appelle Rose Williams. C'est la gérante du *Vaudoo Lounge*.

Le lieutenant Fésol est arrivé derrière Étrela qui a reconnu son accent catalan. Enfin un soutien, une caution morale à cette descente dans l'enfer du vice que Josette ne lui pardonnera jamais. Étrela s'approche de son oreille :

— Tu as pu venir, finalement ?

— Je te dis pas la comédie que m'a faite Rolande.

Étrela sait que Mme Fésol supporte difficilement les services nocturnes de son mari, surtout à l'improviste.

— Tu es venu seul ?

— Tu rigoles. C'est vraiment glauque ces plaisirs inconnus quand on est seul. On s'est gentiment dispersés à travers la salle, Chouchen, Durozier. Même Lebru est là. Au bar.

— Tant mieux. On n'a pas l'air de s'amuser beaucoup ici. Elle fait triste mine, la Rose Williams. Tu as dit la gérante ?

— Oui. Gestion du personnel, en particulier féminin. Tu m'as compris. D'après les collègues de Caen, son amant, le patron du club, a disparu depuis un moment. Du coup, c'est un peu nerveux ici. Les gars des stups et de la B.R.P. n'y mettent plus les pieds de crainte de secouer encore plus le nid. Alors ils se font discrets. Ils n'étaient vraiment pas chauds pour nous laisser venir.

— Comment tu t'y es pris ?

— J'ai dû faire des serments. J'ai juré qu'on enterrait la vie de célibataire de Chouchen.

— Ils y ont cru ?

— Après Rennes, elle a fini son master de droit ici. Elle a adoré Caen. Ça tient la route. Mais pour l'enterrement, tu ne lui en parles pas. Elle n'est pas au courant.

— Le patron, c'est le Papa que tu as retrouvé ?

— Oui. Delmence Papalegba. Une brute raffinée. Un casier effrayant. Mademoiselle Rose devrait se réjouir de sa disparition. Or, tu vois son état. Elle doit être accro à la brute.

— Quel âge tu lui donnes à cette femme, en vrai ?

— Sais pas. Elle n'est plus très fraîche. À cause des cosmétiques, de la chirurgie... on ne sait pas bien quel âge ont les gens de nos jours. Et si elle prend des drogues vaudou par-dessus le marché... ajoute Fésol en ricanant.

— Sa blessure au cou, c'est pas du fond de teint en tout cas.

— Juste. Elle vient d'avoir une embrouille avec quatre baraqués derrière un des rideaux rouges.

— Quatre baraqués ? Des Anglais ?

— Je sais pas, j'ai tout vu, rien entendu. Ils sont passés derrière le rideau. J'ai fait mine de me tromper en entrant à leur suite. Je suis vite reparti mais ils l'intimidaient sur une transaction, c'est sûr. Ils sont ressortis un peu plus tard. Rose Williams titubait. Je ne serais pas étonné qu'il y ait de la blanche dans le Vaudou. Ce sont les collègues d'ici qui ne vont pas être contents. Je compte sur toi pour nous éclairer avec ta piste bagnolaise. Tu reconnais du monde ?

Étrela essaie de distinguer des visages en face, mais les faisceaux tournoyants des spots ne lui laissent pas le temps de les identifier. Il ne retrouve même pas ses trois autres collègues havrais.

— Je cherche des filles qui se partagent entre ici et Bagnoles, mais je ne les vois pas. Pendant ce temps, si toi ou Lebru pouviez user de vos charmes pour faire parler la vieille au sujet de ses soucis, ça m'arrangerait.

Le lieutenant scrute de nouveau l'obscurité. Les danseurs sur la piste ne lui disent rien. Une silhouette vient de plonger en travers des faisceaux lumineux. On dirait celle de Mme Ba. Étrela se rappelle : le commandant à surveiller. Mais Faidherbe n'est plus assis à côté de lui.

— Zut ! Le commandant !

— Hein ? T'as pas emmené le chef dans ce gourbi quand même ! s'exclame Fésol.

Étrela se lève. Il aperçoit à gauche du bar un rideau rouge bouger et une courte silhouette s'introduire dans l'alcôve. Il traverse la piste, résiste à une danseuse soûle qui veut l'entraîner. Il n'a pas le temps de comprendre pourquoi Mme Ba s'agite maintenant à son tour. Qu'est-ce qui lui prend ? Tant pis pour elle. En priorité, il faut suivre Faidherbe qui, avec son flair, pourrait être sur une piste.

La lumière, quoique tamisée, éclaire assez l'étroite pièce pour que le policier reconnaisse à gauche la blonde de Bagnoles sur les genoux d'un quadragénaire échevelé qui a défait sa cravate et s'occupe à confisquer le string de la belle qui feint l'outrage. À droite, un second quadra, chauve, suce son pouce, lové contre la brunette de l'autre jour, Maria, pendant qu'elle lui fait une friction énergique, la main glissée au chaud dans son pantalon. Tout ce petit monde gloussant ou soupirant s'interrompt. Les verres de la table basse valsent, accompagnant le mouvement que font les quatre afin de rependre contenance. Faidherbe s'est approché très près de la blonde qu'il hume les yeux fermés, un peu intimidé cependant par la présence du bonhomme.

— Mais, c'est notre vilain petit canard tout roux, Maria ! s'écrie la blonde avec son accent balkanique.

— Et derrière, c'est les gros gentils poulets, enchaîne Étrela, en sortant sa carte. Vous, les deux guignols, remballez la marchandise et aller voir dehors si j'y suis. Pas la peine de me donner vos identités, mes collègues se chargeront de les prendre.

Le chauve, qui n'a pas froid aux yeux, —ce doit être une huile—, regimbe :

— Je ne vous permets pas...

Le capitaine Fésol, posté derrière Victor Étrela, attrape le guignol par le col de chemise et l'extrait de l'alcôve. Maria, encore aux prises avec la braguette du chauve, suit le mouvement. Elle est brutalement décrochée par le policier. L'homme crie. Un coup de tête lui écrase le nez, le rendant raisonnable.

— Arrête de faire le mariole ! Ne m'oblige pas à être méchant, et fais attention : dans le noir on a vite fait de se blesser, comme tu vois, explique Fésol qui a du goût pour la pédagogie.

L'autre client ne se fait pas prier. Il s'esquive sans protester. Étrela a le temps de voir luire une alliance à son annulaire. La blonde lui tend son string.

— Tiens, mon loulou, ça te fera un souvenir de notre *speed dating* !

Elle a le sens de l'humour. L'échevelé voudrait se saisir de la minuscule culotte mais une main rousse le prend de vitesse et s'en empare à sa place. Faidherbe fait disparaître le trophée érotique dans son propre vêtement. La fille rit, en tire un second de son corsage, le donne au perdant. À sa sortie de la pièce, le bonhomme est pris en charge par Lebru, venu à la rescousse, son carnet à la main.

Dès qu'ils sont tranquilles, Étrela s'adresse aux deux filles :

— Je n'irai pas par quatre chemins. Vous, les nanas, vous vous mettez à table tout de suite ou vous passerez les prochaines heures en garde à vue. Toi, la *matriochka*, on te renverra ensuite te geler les miches en Sibérie. Quant à la Maria, elle retournera tapiner dans les quartiers chauds de Marseille.

Silence. Les filles boudent. Faidherbe s'est rapproché, quêtant une caresse. Elles le repoussent gentiment. Et se regardent.

— Je ne suis pas russe, commence la blonde. Je suis poldave. J'ai une licence de français. Je m'appelle Daša Cuperová. Je ne peux plus vivre là-bas et si je parle ici, je suis morte. Vous voulez me tuer ? demande-t-elle doucement en fixant de ses yeux bleus le regard de Victor.

— Tu me dis ce que tu sais et dans les minutes qui suivent, toi et ta copine, vous serez exfiltrées, je veux dire : emmenées ailleurs à l'abri.

— Qu'est-ce que tu en penses, Maria ?

— Tu crois qu'on a vraiment le choix ? répond la brune avec lassitude.

— On sait pas grand-chose, en fait, reprend la Poldave. Le patron nous envoyait à Bagnoles de temps en temps. On restait quelques jours pour donner le change, il disait, puis on remontait à Caen, le coffre de la voiture plein de bidons.

— Des bidons de quoi ?

— Un liquide que le patron ajoutait à certains cocktails au bar à l'intention des amateurs de sensations très fortes, on aurait dit de l'eau un peu trouble. Il appelait ça « le bagnolais nouveau ».

— On peut y goûter ce soir, ou avoir un échantillon ?

— Ben, justement, c'est bête, y en a plus du tout, intervient Maria. Les derniers verres ont été servis tout à l'heure. Ça faisait déjà quelques jours qu'on rationnait les clients et qu'il y avait la queue au bar.

— Pourquoi ça?

— C'est pour ça qu'on n'est pas retournées à Bagnoles. Les types qui nous le mettent dans le coffre —les bidons de cinq litres, c'est lourd— n'avaient pas pu en fabriquer parce que la poudre leur avait été volée.

— Quelle poudre ? De la cocaïne ?

— Faut croire, dit Maria. Tout le monde en veut, tout le monde en a. Ce soir, y a même des Anglais de Liverpool qui ont voulu en refourguer de force à madame Rose pour calmer les clients en manque. À des prix pas possibles. Ils ont eu vent que M. Delmence a disparu et que le cocktail est épuisé. Mme Rose, elle va pas pouvoir tenir longtemps, nous non plus d'ailleurs, surtout si vous vous en mêlez.

Faidherbe s'est glissé derrière les fauteuils. Le petit est fatigué, il doit tomber de sommeil.

— Il est gentil avec vous, ce Delmence ?

— Non. C'est un méchant homme, M. Delmence, confie Maria. Un jour il bise quatre fois, un autre il cogne. Quatre fois aussi. Parfois les deux en même temps. Comme avec Mme Rose, il lui offre un collier en or, une fois, une autre, il lui flanque des beignes et un coquard. Il l'a dans la peau, elle dit, Mme Rose. Moi, je pense qu'elle en reçoit plein la gueule. C'est pour ça qu'elle boit.

— Ce Delmence, c'est bien Papalegba ?

— Oui, répondent-elles en chœur, ravis d'une réponse qui n'est pas compromettante.

— Lui, Papalegba, il la tire d'où sa dope ? des Anglais aussi ?

— Non, les Anglais, c'est depuis pas longtemps, répond la Poldave. Depuis que Papalegba est plus là, ils s'incrustent. Delmence a sa source, par un chemin inconnu. Il s'absentait de temps en temps. On l'a même vu à Bagnoles une fois, mais il a fallu faire comme si on ne se connaissait pas. C'était la consigne. Ici, il nous baisait.

— Enfin, elle veut dire qu'il nous faisait la bise, rectifie Maria. Mais t'as raison quand même ma grande, c'était plutôt la main aux fesses dès que Rose avait le dos tourné. Et s'il pouvait nous coincer aux toilettes, fallait y passer. Ça m'est arrivé plusieurs fois. À toi aussi, Daša, n'est-ce pas ?

— Ça n'intéresse pas monsieur, répond la Poldave, avec un air pudibond

— Effectivement, ça ne m'intéresse pas. Les types qui vous donnaient les bidons, ils vous les donnaient où ?

— Devant une maison abandonnée, la villa *Summerhouse*, reprend Maria, celle que gardait le copain de Gégène, vous savez, celui qui s'est noyé, Tom le punk.

Et voilà. On y revient. Le lieutenant avait bien raison de vouloir s'intéresser à cette demeure. Les dires des filles corroborent les propos d'Eugène Saint-Ermier. Il n'a pas encore eu le temps d'y retourner depuis qu'il y a été enlevé avant d'être suspendu à la roche d'Oëtre. Il faut absolument en faire une souricière afin de coincer les malfrats qui la fréquentent. Étrela sait, grâce à la conversation des thermes que lui a rapportée Mme Ba, que les deux entraîneuses les connaissent très bien.

— Ces hommes-là, vous pourriez les reconnaître ?

Les filles restent muettes. Elles ne veulent pas aller jusque-là, par peur de représailles. Le policier voit perler sur le front de Maria une sueur qui ne doit rien à la chaleur ambiante. La Cuperová se mordille la peau du pouce en regardant ailleurs, très loin, jusqu'à Besseslava ou même jusqu'aux sommets des Hautes Fatras.

Étrela perd patience.

— Remettons les compteurs à zéro. Je sors d'ici. Je préviens la Rose que vous avez lâché le morceau, puis moi et mes collègues, nous nous tirons. Sans vous.

— Ce serait salaud, s'écrie Maria.

—Tout à fait.

— On pourrait les reconnaître sur photos, intervient la blonde. Ce sont tous des vieilles...

— Des vieilles ?

— C'est ça... des vieilles pédales.

— Elle veut dire des vieux cyclistes, corrige Maria. Daša, elle parle bien français, mais elle connaît pas toujours tous les mots qu'i' faut, alors j'y esp'ique.

Étrela passe la tête de l'autre côté du rideau. Fésol est appuyé contre le mur.

— Fais venir Chouchen et Lebru, envoie Durozier avec une voiture derrière le club. Vous décrochez dans cinq minutes : vous emmènerez ces deux filles au Havre, il faut les mettre à l'abri. À la dernière minute, Lebru fera diversion avec un de ses accessoires de marine favoris.

— Tu déconnes ? À l'hôtel ? Sur quels crédits ? s'écrie le capitaine Fésol.

— Les fonds secrets. C'est une urgence, trois jours suffiront.

— Le commandant Khencheli va nous écorcher. Qu'est-ce qu'on fait d'elles ensuite ?

— Les services sociaux, ça sert à quoi, Émile ? Ils leur referont une virginité.

Fésol s'éloigne en moulinant des gestes de protestation muette.

— Bon, tu nous emmènes, mon poulet ? demande Maria quand le policier rentre la tête.

Elles sont debout toutes les deux, avec leurs petits sacs à main en bandoulière. Étrela les toise. Leurs jambes, nues au plus haut des cuisses sous des jupettes de cuir, sont décidément splendides. Au point que le buste en devient flou. Si le reste de ces corps est moins parfait, elles pourront toujours se reconvertir en jambes de pubs pour bas ou jarretières.

— Vous n'avez pas de manteau ? La nuit est fraîche. Dès que ma collègue se présente, vous partez en passant par la sortie de secours.

Le policier se penche ensuite au-dessus d'un dossier de fauteuil où Faidherbe a disparu.

— Georges, nous partons.

Le petit être jaillit de derrière un autre fauteuil, un sachet à la main, qu'il agite avec passion en cancanant pour expliquer la chose au lieutenant. Le chauve a lâché sa dose avant de partir. Faidherbe y a retrouvé l'odeur subtile du canard farci à la coke. De sa main gauche, il met frénétiquement en broussailles ses cheveux roux et d'une grimace, avance ses deux incisives supérieures.

— Bien joué, commandant ! De la blanche anglaise ! Toujours le même flair, bravo ! s'exclame Étrela en empochant le sachet.

Aellez-Bellig Chouchen a un moment de recul quand elle voit la tenue des deux grues. Se montrer en leur compagnie, c'est s'attirer des ennuis à coup sûr, pense-t-elle. Mais, bonne fille, elle emboîte le pas aux jeunes femmes. Fésol ferme la marche.

— Où est Lebru ? demande Victor Étrela.

— Il est en train de taguer les toilettes à la peinture noire, répond Fésol en haussant les épaules. Sa conversation rapprochée avec la Rose Williams l'a inspiré. Ne t'inquiète pas, il intervient tout de suite. Il a mauvais caractère mais est plein de ressources dans un coup comme celui-ci, heureusement.

Le lieutenant rejoint la salle en compagnie de Faidherbe. Ils sentent passer quelque chose au-dessus de leur tête : Lebru vient de lancer un fumigène orange en direction de la piste de danse.

L'effet est immédiat : hurlements, toux, mouvements de panique parmi la lumière stroboscopique et les projections murales. Des clients se ruent vers l'entrée et la sortie de secours. On bouscule le videur, on le piétine. Rose Williams tourne sur elle-même, pareille à un derviche, au rythme du *Mother Sky* des Allemands de Can, cherchant un sens métaphysique à cette soirée de fin du monde. Les danseurs disparaissent, avalés par la fumée. Ils s'enfuient dans toutes les directions, sauf les deux femmes. Josette Ba s'agite comme un hippopotame de *Fantasia*, Rose Williams tourne de plus en plus vite.

D'un coup de pied magistral, en rythme avec la musique sur laquelle elle dansait, Mme Ba renvoie l'artifice d'où il venait. Étrela et Faidherbe disparaissent dans la fumée. L'alarme anti-incendie et l'évacuation de fumée se sont déclenchées. La musique, la fumée lacérée par les lumières des spots et des lasers, les mouvements des gens affolés transforment le Vaudou en un chaos psychédélique. Étrela est tombé à genou, ainsi que Faidherbe. Tous les deux avancent à quatre pattes, afin d'éviter l'asphyxie, en direction de la piste où Mme Ba, insensible au nuage orange, se trémousse toujours. Elle crie même à tue-tête : « Y a-t-il quelqu'un pour m'aimer ce soir ? ». Rose Williams lui répond en geignant comme une damnée.

Il faut absolument récupérer la nounou. Qu'est-ce qui lui a pris ? Des verres abandonnés au sol par la clientèle en fuite donnent au policier un commencement de réponse. De façon inexplicable, Mme Ba a dû boire un des derniers « bagnolais nouveaux ».

Plus tard, sur la route de Bagnole, Victor Étrela se rappellera comme un des pires souvenirs de sa jeune carrière, les efforts qu'il lui a fallu pour entraîner jusqu'à la voiture la corpulente Josette Ba, surexcitée par la musique, la danse et la drogue. Sans la présence de Faidherbe, qui la poussait hors de la boîte, affectueusement collé à ses rondeurs postérieures de Vénus noire authentique, il aurait été impossible de la récupérer. Elle dort maintenant, subitement effondrée. Victor, en colère contre elle et surtout contre lui-même, passe le dos de sa main sur le front de Josette Ba. Il veut s'assurer que l'hippopotame de *Fantasia* n'est pas en hypothermie ou hypotension et n'a pas sombré dans le coma. À l'arrière, Faidherbe agite encore sa tête rousse, de moins en moins simiesque, au rythme tribal du morceau de Can, imprimé au tréfonds de son cerveau de jeune hominidé comme sa toute première émotion musicale.

    Le petit lieutenant a besoin d'aide. Ses collègues sont partis avec Daša et Maria vers le Havre. Il faut se résigner, mais ne pas perdre de temps non plus. Il se gare sur le bas-côté de la route, toutes lumières allumées, moteur tournant, puis pianote sur son portable.

25

À se bidonner

Victor Étrela a confié Josette et Georges à Roseline tout ensommeillée aussi vite qu'il a pu. Réveillé par le bruit, l'oncle Bertot est sorti de son appartement, dans un état aussi nébuleux. Il a quand même aidé à la manœuvre. Cela n'a pas été sans mal : Mme Ba s'est ranimée au moment de son débarquement du véhicule. Prise alors d'une agitation nouvelle, elle a fait le tour de la voiture, virevoltant et cognant la carrosserie de ses poings. Ils se sont mis à trois pour la maîtriser et la pousser dans les escaliers. Des fenêtres se sont ouvertes, des lumières se sont allumées autour de la maison. Heureusement, Georges est resté calme, épuisé sûrement, peut-être inquiet aussi du délire de sa protectrice qu'il a prise affectueusement entre ses bras.

Le lieutenant ressortait pour se rendre à la villa *Summerhouse* quand Josette Ba, prise d'une nouvelle crise, a entonné à tue-tête dans la cuisine : « À la pêche aux moules, moules, moules... ». Victor Étrela s'est voulu rassurant :

— Ça va lui passer, elle ne se souviendra plus de rien demain matin ! Dites-lui qu'elle a fait une allergie aux moules. Elle en a mangé à Caen.

— Où tu vas, Victor ? demande Roseline, la voix plus enrouée que jamais, seule sur le trottoir après qu'ils ont mis Mme Ba au lit.

— Une visite rapide en ville, ne m'attends pas.

— C'est si pressé ?

— Non, c'est urgent !

Le policier remonte deux rues en dessus, jusqu'aux abords du parc des Thermes qui borde le quartier Belle Époque. L'adjudant-chef Alison J. Celerier doit l'attendre tout en haut. Le cœur du lieutenant bat la chamade. C'est l'effort dans la côte, pense-t-il, ou les répliques des secousses subies au *Vaudoo Lounge*. Victor se convainc qu'il s'agit bien d'une mission professionnelle et non d'un rendez-vous amoureux comme il en a connu au même endroit, adolescent. Il fait bon, l'air est chaud, chargé d'effluves parfumés.

Il aperçoit la silhouette de la gendarmette, assise sur une barrière des domaines qui ferme un chemin de terre longeant les villas. Une voie idéale pour atteindre sans bruit les arrières de la

Summerhouse en profitant d'une obscurité quasi totale.

— Un rendez-vous à la *Summerhouse*, c'est bien vu, ça, lieutenant. En cette saison, c'est plein de promesses. Amours d'été..., lui souffle l'adjudant-chef à l'oreille, en prenant son bras.

Le policier se dégage doucement.

— Excusez-moi si je vous ai réveillée tout à l'heure... Comme je vous l'ai dit, nous allons faire un beau coup de filet.

— Ne vous excusez pas. Je ne dormais pas, j'étais au poste. Je vis seule. Je ne rechigne pas aux étreintes..., pardon, aux astreintes.

— Je pensais que vous viendriez avec des collègues.

— Impossible. Nous ne sommes que deux au poste la nuit. Allègement de personnel. Voilà le résultat.

Elle se baisse pour saisir un objet qu'elle lance sur son dos. Un petit sac d'intervention.

— Allons-y, mais soyons discrets. Vous n'avez pas de mandat de perquisition et moi non plus, n'est-ce pas ?

Étrela se tient à la ceinture d'Alison, l'autre main courant sur la rambarde en ferraille qui délimite la lisière de la ville. Ils longent sur quelques mètres une première villa qui paraît totalement endormie. La plupart des demeures estivales sont en sommeil forcé depuis qu'il est impossible d'entretenir de tels monuments, même en les transformant en hôtels-restaurants. Les deux policiers arrivent au pied de l'ombre massive de la *Summerhouse*, dont la toiture d'ardoises brille à la clarté des éclairages publics. Le croissant de lune a la finesse d'un fil. Ils passent sous la rambarde, glissent sur un talus. La porte de la cave devant laquelle Étrela a été enlevé est toujours fermée et, de plus, cadenassée. Ils se plaquent au mur. Alison J. Celerier balaie du faisceau de sa Maglite les parois à la recherche d'une autre entrée.

— Faites-moi la courte échelle, lieutenant.

Étrela s'exécute, les deux mains sous les crampons des Rangers de la gendarme. La jeune femme n'est pas lourde. Elle sent bon, mélange de cuir ciré et de parfum capiteux. Étrela l'entend trifouiller quelque chose de métallique. Soudain, plus de poids. La gendarme s'est envolée.

— Allez, grimpe, Roméo !

Elle s'éclaire le visage, de l'étage où elle se trouve. Souriante, radieuse. Quelque chose d'un ange. Étrela constate qu'elle s'est attachée les cheveux et porte un petit bonnet de commando. Il reçoit une corde sur la tête. Il se met alors à grimper en s'aidant du mur. Comment la jeune femme a-t-elle fait pour forcer aussi vite cette fenêtre à la crémone ancienne et robuste, sans même avoir dû casser un carreau ?

Le policier n'a pas le temps de le lui demander que la clarté de la Maglite disparaît dans une autre pièce. Il suit. Les pièces qu'ils passent sont toutes vides de bibelots mais des meubles massifs, protégés par des housses hors d'âge les occupent encore. C'est donc ça, dont Tom avait la garde ? Ça n'a pas de sens. Il se pourrait bien qu'au fil du temps, le filou ait revendu tout ce qu'il pouvait aux brocanteurs et antiquaires de la région. Il se dégage des lieux une odeur mêlée de bois ancien, de cire, de moisissure, de vieille poussière et d'excréments de chauves-souris.

Les deux intrus montent un escalier joliment ouvragé de végétaux en fer forgé. À l'étage, les autres pièces sont nues. Seuls des fragments de papiers peints aux motifs 1900 témoignent du passé prestigieux de la villa. Mentalement, Étrela habille les salles d'un mobilier d'époque sorti de son Proust : lustres en pâte de verre, piano, meubles d'acajou, cheminées en marbre, lit bateau, lanterne magique sur une tablette de chevet... Dans les jeux d'ombre de la torche passent les spectres d'un monde évaporé.

La gendarme en tête, le policier second, ils montent encore des étages. L'escalier rétrécit. La rampe en bois est simple, les pavés des marches sont collés de guingois, les murs blanchis à la chaux. Ils ont atteint l'étage du petit personnel. Une porte ferme à clef l'accès à ce niveau. Encore une fois, Alison force la serrure avec une dextérité de cambrioleur. *On leur apprend ça aussi à la gendarmerie, ou est-ce un talent personnel ?* se demande le policier.

Cette pièce-là, une soupente sans fenêtre, est meublée. Une grosse ampoule est accrochée par une pince au plafond. Le fil qui l'alimente serpente par terre. Au bout, il manque le générateur qui doit permettre de brancher la lumière et les appareils. Le faisceau lumineux de la torche balaie une longue table montée sur des tréteaux, quelques chaises de cuisine, une armoire métallique, un frigidaire. Un tuyau en zinc, greffé sur un conduit de cheminée, est relié à un petit four. Sur la table, des cornues, des éprouvettes, des ballons et autres instruments du parfait petit chimiste. Sous la toiture, des sacs fermés, des bidons. Les bidons mentionnés par les deux filles du *Vaudoo Lounge*. Étrela se précipite.

— Éclairez ici, s'il vous plaît.

Il dévisse le bouchon d'un bidon et verse un peu de son contenu dans le creux de sa main. Il hume le liquide. Rien. Alison s'approche et fait de même :

— Je reconnaîtrais cette odeur entre mille. C'est l'eau de la source thermale.

— Hein ? Parce que vous sentez quelque chose vous ?

Elle goûte le liquide.

— Je confirme. C'est comme si j'étais tombée dedans étant petite. J'étais une enfant particulière, chétive et molle. Ma mère m'a frictionnée avec l'eau fraîche de la source le corps et le visage chaque matin, pendant des années.

Ils inspectent la table. Rien *a priori*, mais le faisceau de la lampe passé à ras du plateau fait apparaître une fine poussière blanche autour d'un ballon à fond plat. Alison passe le bout de son index sur la table, puis porte la substance à sa langue.

— Vous vous y connaissez en dope aussi ? s'étonne de nouveau Étrela.

— Non. Première fois. Ici on ne tombe jamais que sur du shit. Et vous ?

— Au Havre, la consommation est un plus variée. Alors ?

— En tout cas, c'est pas du sucre ou de la farine. C'est dégueu...

— Alors ça doit être de la cocaïne. Vous avez du scotch dans votre bazar ? On va en prendre une trace à fin d'analyse. C'est d'évidence le labo ici. Il faudrait planquer si on veut choper les types en flag. Dans ce cul-de-sac, avec quelqu'un en dessous pour fermer l'attrape-couillons, ça devrait le faire. J'inspecte les sacs.

L'adjudant Alison J. Celerier ne répond pas tout de suite.

— Je me sens bizarre, lieutenant.

— Normal avec ce que vous venez de vous mettre sur la langue. C'était imprudent. Prêtez-moi votre lampe, il y a des sacs, là.

Le lieutenant s'accroupit, sort son Opinel et pose la lampe sur un tabouret.

— Oh, mais je me sens vraiment toute drôle, Étrela, répète la gendarmette d'une voix blanche. J'ai chaud partout.

— Eh bien, asseyez-vous, ça va passer. Il n'y a que des pastilles de bicarbonate pour couper la came dans ce sac. J'attaque l'autre.

— Qu'est-ce qu'il fait chaud ! soupire Alison J. Celerier.

— Normal, ces combles sont surchauffés la journée et gardent la chaleur. Ça alors ! Des gourdes de cyclistes, vides. Pareil à l'intérieur de cet autre sac. Elles sont déjà étiquetées. Un sponsor par sac, eh bien ! On a soulevé du gros, là, du sportif ! Du médiatique !

— Regardez ça, Victor, je fonds.

La voix de la jeune femme s'est affaiblie sur les derniers mots avec une langueur inquiétante. La gendarme est dans les choux. Étrela se retourne, reprend la lampe et l'éclaire. Il lui faut un temps pour réaliser : Alison a dénoué ses cheveux tombant, comme enflammés, en longues flammèches torsadées jusqu'aux tétons rougeâtres de ses seins. Elle s'est dépoitraillée et commence à défaire la ceinture de son pantalon. Le policier se relève, éberlué, l'Opinel dressé devant lui en un geste interrompu. Alison avance ses lèvres, esquisse une moue sans ambiguïté.

— Mais qu'est-ce que vous faites, adjudant-chef Celerier ?

— Je me mets à nu, mon petit lieutenant. Tu ne seras pas déçu.

Étrela n'a pas le temps de répondre qu'il aperçoit derrière la jeune femme une silhouette apparue dans l'encadrement de la porte. Il déplace le faisceau lumineux dans cette direction.

— Mick Jagger !

26

Touche du singe, ça te portera chance

Le lieutenant vient de reconnaître le vieux cycliste, l'amant de Mme Dubreuil, qu'il a vu quitter incognito la maison de la vieille dame trois jours plus tôt.

— Comment ? Mick Jagger ? Salaud ! se méprend Alison, soudain en colère. Ah ? J'ai donc l'air d'une vieille tapette ? Et ça ? C'est pas du lourd ?

Elle empoigne ses seins, qu'elle secoue avec une indécence folle. Derrière elle, l'apparition s'est évanouie. Étrela bondit hors de la pièce. L'homme dévale en vitesse les escaliers dans le noir. Il doit connaître par cœur les lieux pour ne pas heurter une porte ou louper une marche. En bas, il s'est échappé par une porte-fenêtre donnant sur le jardin. Le pister et l'attraper dans la rue, vite !

Celle-ci, très longue, est déserte, faiblement éclairée par un lampadaire sur deux, figée dans sa torpeur nocturne. Le type doit être encore au cœur du jardin où il se cache. Étrela garde un œil sur la voie perpendiculaire qu'il a montée vers la lisière de forêt, mais jette sans cesse un regard sur la rue principale. Seul, il a maintenant une très faible chance de coincer le fuyard. Si seulement Alison pouvait se réveiller de son délire érotique, le rejoindre et faire le tour de la villa !

Un cri suraigu rompt soudain le silence. Ça ne vient pas de la *Summerhouse*, mais d'une autre demeure un peu plus loin, sur le trottoir opposé. Le chimiste serait passé en face sans qu'il le voie ? Le lieutenant se déplace devant la façade d'une maison éclairée par la lumière de ville. Une ombre noire comme une araignée géante crapahute en descente sur la façade, s'aidant habilement des fissures ou des joints évidés entre les briques. C'est lui sûrement, mais pourquoi descend-il ? Ou bien... La galipote ! Voilà donc la mystérieuse galipote qui hante les nuits de Bagnoles. Étrela entend alors un bruit sourd derrière lui. Une silhouette est étalée sur le sol. Le vieux de la *Summerhouse* vient de se casser la gueule en sautant par-dessus le porche de la villa quand le policier avait le dos tourné. L'homme se relève. De la fenêtre de la maison d'en face, une voix chevrotante et suraiguë hurle, à qui peut l'entendre, dans cette rue quasi inhabitée :

— Police ! On m'pelote ! On m'pelote !

Étrela hésite. Sur lequel se précipiter maintenant ? La galipote est à portée de menottes, elle vient aussi de se casser la figure au bas du mur, tandis que, de l'autre côté, Mick Jagger se relève déjà, prêt à détaler. Le lieutenant de police choisit l'affaire la plus chargée, comme il le fait toujours au Central quand les dossiers s'accumulent. L'obsédé attendra son tour.

Trop tard. Le maniaque, qui n'a pas vu le policier, court désormais en regardant derrière lui. Il vient se jeter dans les bras du lieutenant. Étrela le reçoit violemment et, entraîné par le poids du vicelard, s'affale lourdement sur le bitume, provoquant un tintement métallique de mousquetons. Allongé sous l'alpiniste urbain, prisonnier d'un cordage comme d'un python, Étrela se débat frénétiquement. Trop tard. Il a juste le temps d'apercevoir en plan oblique le Mick Jagger passer sous la clarté d'un réverbère, à plus de cent mètres. C'est fichu. Il ne l'aura pas cette fois-là. Or Alison vient de sortir à son tour de la villa, elle course le trafiquant à vive allure, les seins à l'air. Si le type regarde derrière lui, il va croire que la Liberté de Delacroix le poursuit et en restera médusé. La gendarmette a sa chance.

Victor revient à son maniaque qu'il retourne comme une crêpe. Il s'assoit sur lui. De la Maglite, il cherche son visage, une face poilue que la galipote tente de cacher de ses mains tremblantes pour se protéger les yeux du faisceau. Le loup-garou bagnolais est honteux autant que stupéfait d'être tombé sur un humain, dans une rue d'ordinaire seulement fréquentée par les chats du quartier et les fantômes. Ses mains retombent enfin, à bout de résistance. L'homme porte un ridicule masque de singe en plastique. Étrela l'arrache rageusement.

— Tonton Christophe ? Mais... mais... qu'est-ce que tu fais là, équipé comme ça ?

— C'que j'fais ? C'que j'fais ? À mon âge, mon Totor, qu'est-ce tu crois qui me fait encore bander ? Eh bien, la varappe, mon gars ! La grimpette, oui ! J'ai été ramoneur et champion d'escalade, autrefois, faut s'en souvenir. Et les gonzesses, je peux pas oublier, non plus ! Fallait pas me réveiller tout à l'heure avec ta négresse soûle comme une polonaise ! J'ai pas pu m'empêcher.

— Tu nous mets dans de beaux draps, tonton !

C'est tout ce que trouve à dire Étrela, effaré par ce nouveau coup porté à l'honneur familial.

Christophe Bertot pleurniche :

— Ah ! Bon Dieu de bon Dieu ! Je savais-t-i' que tu passerais justement dans cette rue ? Me voilà bien maintenant... tu diras rien à ta tante, pas ?

Puis, soudain, le vieil homme change de ton. Il s'indigne :

— T'as pas d'autres rues, à Bagnoles, pour baguenauder avec une fille à moitié à poil ?

Étrela s'étrangle.

— De quoi veux-tu parler ?

— Je l'ai vue aussi, ta poule. J'ai l'œil.

En se relevant lentement, l'oncle le regarde par en dessous, soudain devenu sournois.

— Tu dis rien à ma Louison, je parle pas à ta Roseline. Bref, on dit rien à personne.

Victor hoche la tête, vaincu. Il ne veut ni compromettre l'adjudant-chef Alison J. Celerier, ni miner davantage son ménage. La gendarmerie ne saura rien de nouveau sur la galipote. Tant pis pour la légalité et les taux d'affaires non élucidées.

Entre temps, la femme qui avait crié à sa fenêtre, est venue aux nouvelles, en chemise de nuit et eau de Cologne.

— Ah, c'est toi, Tophe ? Qu'est-ce que tu fous ? Tu m'as fait peur. Pourquoi que t'es pas passé par la porte de la cuisine ? Tu sais bien où est la clef.

Comme personne ne lui répond, elle tourne les talons après avoir dévisagé le jeune policier, puis lance :

— Alors, tu viens ou quoi, Tophe?

Tonton Bertot rassemble son barda et suit piteusement le sillage parfumé de sa vieille maîtresse, la queue entre les jambes.

27

Effets de seins sur la poire

On n'entend plus que le chant des grillons dans la nuit bagnolaise. Aucun son de galopade. Le policier reprend ses esprits et se met à courir dans la direction où ont disparu Alison J. Celerier et l'amant de la vieille Dubreuil. Il trace tout droit, augmente sa vitesse à mesure qu'il descend le boulevard vers le lac. Il les aperçoit sur sa droite, au pied d'un lampadaire le long de l'église du Sacré-Cœur. Alison J. Celerier est penchée par terre. Le fuyard est inanimé. Étrela, encore essoufflé, arrive cependant à articuler :

— Crise cardiaque ?

À l'âge du bonhomme, une fuite de dératé pourrait être fatale.

Alison qui s'est redressée, reboutonne son chemisier tranquillement.

— Non, simplement assommé. Je viens de vérifier son pouls. Ce con s'est retourné en courant et a pris le réverbère en pleine poire. Je dois dire que pour un vieux, il m'a épatée. Qu'est-ce qu'il courait vite ! J'ai cru qu'il me sèmerait. Pas de doute maintenant, il est vraiment défoncé !

Elle a un temps de silence. Les deux agents de la force publique se regardent. L'adjudant-chef Celerier a repris tous ses esprits, l'action l'a rendue de nouveau professionnelle, avec un dynamisme singulier.

— Ah, c'est ça, reprend la gendarmette. Ces vieux types dont vous m'avez parlé au téléphone tout à l'heure, ils consomment et fabriquent. On en tient un, il faut choper les autres.

Elle tâte ses poches.

— Vous avez votre portable ? Je crois que j'ai perdu le mien dans la course. J'appelle tout de suite la compagnie à Domfront. Il faut battre le fer tant qu'il est chaud : mes collègues l'interrogeront là-bas.

Étrela tend son téléphone à la gendarme.

— On n' appelle pas le SAMU ?

Les deux représentants de l'ordre jettent un coup d'œil sur l'homme en survêtement qui gît sous la lumière du réverbère, les yeux clos. Étrela songe avec une incrédulité mêlée de rancœur que ce pauvre type fait partie de ceux qui l'ont assommé et pendu à la Roche d'Oëtre. Serait-ce lui aussi, le poète qui lui a écrit sous le nombril ? Alison décoche un coup de pied dans le tibia du vieil homme. Il geint et remue la tête.

— Pas la peine, c'est du costaud, un sportif. Vous voyez, il revient déjà à lui.

Il ne faut pas vingt minutes aux collègues d'Alison pour faire les dix-neuf kilomètres qui séparent Domfront de Bagnoles.

Entretemps, le suspect s'est réveillé. Il s'est assis le dos contre le lampadaire municipal, cloîtré dans un mutisme absolu dès qu'il a vu l'uniforme de gendarmerie et la carte de police. Il masse délicatement une bosse qui déforme et déride sa peau de caïman sur son front.

— Vous n'auriez-pas de l'arnica, je n'ai rien sur moi ? demande-t-il anxieusement aux gendarmes qui l'embarquent avec ménagement par égard pour son âge.

Puis, voyant qu'Alison et Étrela restent sur le trottoir, il leur lance :

— Prenez soin de mon vélo ! Je l'ai laissé derrière la villa. Je voudrais pas qu'un voyou me le pique, c'est un Colnago.

Un gendarme le tirant en arrière, l'assoit dans le fourgon brutalement.

— Tu n'as qu'à rouler français, pépé ! Comme nous.

28

Prends garde au Contador...

Étrela tente de gigoter pour se dégager mais les Rolling Stones le maintiennent fermement. Il est nu comme un vers et eux n'ont pas envie de chanter. Le visage zébré de rides de Keith Richards, le guitariste, est penché sur son ventre. Une langue fourchue pointe à la commissure de lèvres violacées. Il s'applique à écrire un message sur le ventre du policier avec son médiator aiguisé comme une plume d'oie. Ça chatouille, ça pince, ça brûle. Le bras maigre de Keith Richards est ponctué de piqûres dans le pli du coude. Derrière, Mick Jagger, vêtu d'un tutu blanc, entonne en silence *Paint it black.* Victor Étrela fait des efforts surhumains pour sortir de son cauchemar. Il croit réussir car une femme aux cheveux flamboyants apparaît et fait fuir les hommes. Elle a des traits métamorphiques dans lesquels se fondent tour à tour Rose Williams, Alison J. Celerier, Roseline. Même le visage rond de Mme Ba s'y forme. La femme se penche ensuite au-dessus du visage du lieutenant, passe sa langue sur ses lèvres noires puis lui lèche le ventre pour cicatriser le tatouage. Le rêveur voudrait bouger mais elle le maintient couché. Il parvient néanmoins à lever légèrement la tête. Il s'aperçoit alors que son propre corps est planté de centaines d'aiguilles comme sur une poupée vaudou. Horreur, la main de la galipote court sur son abdomen ! Il se réveille.

— Contador... oh ! Mon Contador...

Roseline, collée contre lui, laboure de ses ongles son ventre sensible et empoigne son membre comme un guidon, avec des coups de pieds spasmodiques sur des pédales imaginaires. Sa Roseline fantasme sur le favori du Tour de France ! Pourtant, il n'a pas gagné l'étape de la veille, il n'a été que cinquième. C'était Andy Schleck le premier à Avoriaz. Contador n'est même pas maillot jaune, c'est Evans le premier. Il n'y a pas quoi fantasmer. Pourtant, malgré lui, c'est Victor qui pavoise. Dans ces conditions, il s'en passerait.

Le portable vibre, sur la table de chevet. Le réveil affiche 7 heures 20. Le lieutenant a dormi trois heures à peine. Il se dégage de l'étreinte conjugale, se lève d'un bond. Roseline geint puis se recroqueville sur elle-même. Le policier va répondre dans la cuisine.

— Victor Étrela, j'écoute.

— Gendarmerie Nationale, capitaine Crampel. Maurice Bellojart, le type que vous avez serré cette nuit avec Celerier, il a donné deux complices.

— Déjà ?

Plaquant de la tête le téléphone contre l'épaule, le lieutenant se prépare un café. Sur le plan de travail, traîne une boîte de somnifère. Qui a donc pris ça ? Roseline ? Ça ne lui ressemble pas. Est-ce pour Georges ? Les combinaisons de médicaments ne sont pas indiquées. Il faudra demander des explications. Mme Ba ? Près de l'évier, un bol lavé a été mis à égoutter. Josette Ba est déjà partie à son bain de boue malgré sa soirée agitée. Quelle santé !

— Je n'aime pas être réveillé en pleine nuit pour rien, explique le gendarme. Il n'avait pas intérêt à me faire lambiner.

— Bravo. Et maintenant ?

— Maintenant, on va aller choper les deux autres à huit heures. Je vous invite. Si ce sont les types qui vous ont suspendu à l'Oëtre, votre présence leur donnera à réfléchir. On gagnera du temps. Pour être franc, je préfère vous avoir sous la main qu'à vous savoir en train de fureter partout sans autorisation.

— J'arrive. Où ça ?

— Aux thermes. Les gugusses y ont des soins chaque matin. On les cueillera en pleine cure, avant qu'ils ne se dispersent s'ils s'aperçoivent de l'absence de leur copain. Encore une chose, Celerier m'a dit vous avoir vu vous démener avec quelqu'un cette nuit, dans la rue. Et une femme a crié. Ça vous dit quelque chose ?

— Un fêtard ivre qui s'était perdu de retour du casino et qui gueulait sous des fenêtres, ment le policier avec aplomb. Rien de grave.

— Hum... J'espère que ne couvrez pas ma galipote, lieutenant. Faites gaffe. Je l'ai à l'œil, votre nain. Sachez une chose : ce monstre, j'aurais déjà dû le coffrer rien que pour infraction aux lois de la nature. Il est en sursis. À bon entendeur !

Le gendarme a raccroché. En face d'Étrela, qui s'est appuyé contre le mur du couloir, la porte de Faidherbe est entrebâillée. Sous sa veilleuse-boîte à musique, l'ex-commandant dort dans son pyjama blanc, tête sous l'oreiller, fesses en l'air, les bras abandonnés contre son lit bateau comme des avirons ballants le long d'une coque. Josette Ba ne l'emmène plus aux thermes pendant qu'elle a ses soins. Elle reviendra prendre son protégé un peu plus tard. Il faut surveiller le petit Georges partout. Par ailleurs, Crampel a dans le nez cette créature hors du commun. Victor Étrela se dit qu'il va falloir jouer serré puis mettre les voiles sans tarder dès que cette affaire de drogue sera réglée. La galipote refera vite des siennes. Alors Crampel sera bien en peine d'incriminer Georges. Le lieutenant avale d'un trait sa boisson et va s'habiller.

Au débouché de s'escalier dans la galerie, il trouve son grand-oncle assis sur le banc, le nez dans son café, lui aussi.

— Les soucis, ça empêche de dormir, n'est-ce pas ? Au fait, il a fonctionné le sédatif sexuel du chat sur ton copain ? demande Christophe Bertot sans regarder Étrela.

Celui-ci n'avait pas l'intention de voir ni de parler au tonton. Ce bonhomme qu'il avait en sympathie malgré sa misogynie et sa veulerie de petit retraité provincial ne gagne pas à être connu. Victor comprend maintenant la haine que Tom lui portait. Et voilà que l'oncle Bertot aggrave son cas en grimpant chez les bourgeoises, déguisé en singe.

— Pour Georges, ça n'a rien donné de concluant... mais tu devrais essayer, tonton. Sûr que ça calmerait tes ardeurs nocturnes de vieux matou.

Le vieil homme ricane, engloutit une lampée de café et adresse à son petit-neveu un clin d'œil salace par-dessus son bol. Étrela quitte la maison, le ventre vide. Il grignotera un croissant en ville avant l'interpellation des deux types.

29

La curée des curistes

Les services des thermes se réveillent doucement. Les chariots de linge tintinnabulent à travers les étages tandis que les voix des employées s'échangent joyeusement le bonjour d'une porte à l'autre des couloirs jaunâtres. Étrela suit deux gendarmes ronchons et le capitaine Crampel qui ouvre la marche en soufflant comme un bœuf. Il fait trop chaud pour lui là-dedans. Dans le hall d'accueil du bâtiment, deux autres militaires sont chargés de filtrer les allers et venues, goûtant l'eau de la fontaine entre deux contrôles. Leurs collègues sont en poste à d'autres issues. Étrela a cru comprendre qu'Alison J. Celerier allait les rejoindre. Il pense surtout que Crampel l'a écartée du dispositif. L'adjudant-chef en a assez fait dans cette affaire, trop peut-être au goût de son supérieur.

— On cherche ces clients, z'avez vu ? grommelle Crampel aux hommes et femmes en blanc qu'il croise en leur présentant des identités griffonnées sur un morceau de papier.

Jusqu'alors, il n'a eu en guise de réponse que des borborygmes ressemblant vaguement à un « connais pas ». Avec presque dix mille curistes à l'année et une forte concentration en été, il ne faut pas demander l'impossible : le personnel ne retient pas le nom de chaque patient, tout au plus ceux des plus sympathiques ou ceux des plus pénibles. Ça tombe bien, ces deux-là sont les deux. C'est un médecin phlébologue qui le leur dit, une petite brune à la voix énergique :

— Ah oui, quels chiants, ceux-là ! Sympas, oui, mais chiants. D'habitude, il y a aussi monsieur Bellojart avec eux, aujourd'hui il ne s'est pas présenté. Vous trouverez monsieur Viciale salle des boues. Il est inscrit sur ma liste. Par contre, je ne suis pas sûre non plus que monsieur Sassetot soit ici ce matin. Je n'ai pas entendu les infirmières crier. Vous comprenez, c'est un pinceur de fesses celui-là. Un classique ici. Suivez-moi.

La salle des boues est une pièce comprenant une dizaine de couches, séparées par des rideaux, disposées en étoiles autour d'un espace vide central, en cuvette, pour évacuer les eaux sales. Les lits métalliques à forme incurvée rappellent à Étrela les tables de l'institut médico-légal. Le corps repose sur un film plastique d'un blanc transparent, le même qu'à l'institut. Là, il y a huit corps, immobiles et silencieux. Huit corps recouverts d'une boue marron, qui les habille des pieds jusqu'au menton. On dirait des bonshommes de glaise. Certains sont allongés sur le ventre, la tête dans une couverture. Tous inidentifiables.

Une radio locale déverse les tubes des années quatre-vingt. *C'est pareil à l'institut,* se dit encore Étrela. Il ne manque plus au tableau que la silhouette déambulante du docteur Léonard Foutel, le légiste favori de la brigade au Havre. Le capitaine Crampel, s'étant campé au milieu de la pièce, appelle :

— Monsieur Viciale José !

Erreur, pense Étrela, *il fallait faire appeler le nom par l'infirmière ou le médecin et attendre à l'extérieur.* Des têtes se redressent, se retournent mais personne ne répond.

— Alors ? C'est lequel ? demande Crampel, agacé, au médecin.

— Ah, ça ! s'ils ne répondent pas, je ne peux pas vous le dire. Ils répondent à leur nom normalement, ce ne sont pas des petits enfants.

— N'ont-ils pas peut-être une étiquette accrochée au doigt de pied, ou bracelet d'identification ? demande le policier, avec son sourire des plus tête-à-claques.

Le médecin prend la question très au sérieux.

— Oh non, on n'y a pas pensé. Il n'y a avait pas de raison. Jusqu'à présent, nous n'en avons perdu aucun.

Elle recompte à haute voix. Ils sont bien huit patients englaisés. Les deux collègues de Crampel regardent le lieutenant avec un air de reproche désolé. Il ne faut pas énerver Crampel quand il a peu dormi. Ça, c'est une grosse erreur. Le capitaine scrute vivement la pièce à la recherche de quelque chose, le visage cramoisi de colère. Il a trouvé. Il saisit un tube métallique prolongé d'un tuyau, pousse à fond une petite manette à l'extrémité. Un jet d'eau puissant sort avec une détonation de coup de fusil. Les huit corps sursautent. Étrela est le premier frappé à la tête, ce n'est pas un accident. Crampel a volontairement essayé la lance à incendie sur lui, en représailles. Assommé par la pression qui l'a projeté contre un mur, le lieutenant s'assoit sur une chaise.

— Bon sang de bonsoir ! s'écrie Crampel déchaîné, sors de là, Viciale !

Les rideaux tombent comme des cartes, les curistes sont tous aspergés les uns après les autres, aussi surpris que le lieutenant par le geste soudain du capitaine. L'argile dégouline et éclabousse les murs. Les corps vibrent de saisissement, s'agitent. Sans un bruit d'abord. Le réveil est trop violent pour que les curistes aient la force de crier. Crampel demande au médecin, en hurlant par-dessus le crépitement du jet d'eau froide sur les obstacles :

— Alors madame, vous allez me dire lequel c'est, hein ?

Comment reconnaître même un être humain dans ces Golem disloqués, ces huit corps agités de soubresauts qui se replient en protégeant leur tête ou leur intimité ? Les murs virent marron, le sol commence à se couvrir d'une couche grasse qui vient embourber les pieds des gendarmes. Étrela se protège les yeux des projections. Le médecin, la blouse maculée en peau de panthère des neiges, jusque-là sidéré par le geste du capitaine, intervient :

— Arrêtez ! Vous vous croyez à Guantanamo ? C'est inhumain !

— Moi en poste, il n'y aura pas de cartel de la drogue à Bagnoles ! proclame l'officier de gendarmerie de sa voix fluette. Les camés, les mafieux, je les nettoie au *Karcher* ! Pour la dernière fois, Viciale, où es-tu ? Montre-toi, enfoiré !

Alors, dans un sursaut vital, pour échapper coûte que coûte au jet glacial, les huit patients se précipitent sur Crampel, serviettes en bouclier, la boue dégoulinant de leurs corps, comme des gladiateurs au combat. Qui a crié « À l'attaque » ? On ne le saura jamais. Les deux gendarmes derrière Crampel se préparent en ramassant leur corps vers l'avant, dans la position du *sumoka*. Le contact va avoir lieu, inévitable : les deux hommes sont l'obstacle devant la sortie.

Le choc est brutal, les corps s'affaissent, glissent en criant sur les pavés maculés, un homme reçoit le jet dans la bouche, un autre dans les yeux; la première ligne tombe mais les autres assaillants sont déterminés : c'est la mêlée dans les hurlements, les cris de douleurs. Le pugilat est mou, la mêlée instable et visqueuse mais la rage intense. On tombe, on dérape, on glisse, on cogne qui on peut. Le capitaine est bientôt désarmé, il attaque maintenant à mains nues. Les uniformes bleus se fondent dans la masse. La boue s'ajoute à la boue car le médecin, pleurant de rage, en lance des poignées sur les combattants.

Une infirmière venue à la rescousse, épouvantée, ferme le rideau de la pièce pour cacher à d'éventuels témoins ce combat extravagant. C'est le deuxième incident majeur en quelques jours après celui de la poursuite de Faidherbe. Il pourrait briser la réputation des établissements de bains.

Étrela aperçoit soudain un sein lourd qui pointe dans la mêlée. Mince, il y a des femmes ! Un sein noir verdi d'agile. Josette Ba était dans la boue ! Faire le tri. Sauver les dames de ce carnage. Il tire un bras maigre, fait glisser un corps flasque derrière lui, le couvre d'une serviette. Ce n'est pas elle. Une croupe féminine rebondie, une deuxième femme. Il la tire par les jambes, l'infirmière l'assiste. Josette Ba s'est accrochée à une jambe. Elle a compris de quoi il retournait, elle a reconnu celui du trio d'originaux à la conversation suspecte qu'elle surnommait le Caïman. Ce ne peut être que José

Viciale. Le policier saisit le prisonnier. Le pli de son coude est ponctué de petits points noirs, traces d'injections intraveineuses : une vraie passoire.

— Je le tiens ! À moi, Crampel ! tonitrue Victor Étrela.

Il fait glisser l'homme vers lui, un grand maigrichon qu'il assoit tant bien que mal sur la chaise. Le type est sonné, dans les vapes. Et il n'a plus de dents. Étrela avise alors un dentier qui glisse vers eux sur le pavé boueux, comme un escargot besogneux à la poursuite d'un champignon hallucinogène. Le policier le ramasse et le fiche dans la gueule décrochée du bonhomme. Pile le calibre, le voilà d'équerre maintenant ou presque tant son visage est encore asymétrique. *Incroyable*, pense Étrela, *avec ses cheveux trempés, ses rides grisâtres surlignées par les rigoles de boue, ce José a vraiment quelque chose de Keith Richards, millésime 1973, le râtelier de Franck Alamo en plus.* Le guitariste des Stones a toujours fait plus vieux que son âge, mais José Viciale, le sosie, exagère quand même le trait.

La direction des Thermes a improvisé dans l'urgence une cellule psychologique pour les victimes dégoulinantes d'eau froide et de boue, maintenant plongées dans un bain d'eau chaude, frictionnées, écoutées, choyées, pour rattraper ce qu'il faut bien appeler une bavure de la gendarmerie. De leur côté, le capitaine Crampel et son équipe travaillent le suspect à coup de serviettes humides dans leur fourgon.

Étrela ramène Mme Ba chez l'oncle. Elle ne ressent pas le besoin d'être réconfortée par un psychologue. Non, elle est plutôt fière d'avoir contribué à la capture d'un dangereux criminel, de ceux qui ont osé pendre monsieur Victor par les pieds, et tout nu encore. Elle devient bavarde. Cette séance de boue dynamique lui a même fait le plus grand bien moralement : elle éprouvait un certain dégoût d'elle-même depuis son involontaire *trip* de la veille. Elle a pu se doucher et remettre ses vêtements propres qui étaient à l'abri au vestiaire. Et elle se sent dans une forme éblouissante. Le policier, en dépit de l'opération victorieuse, n'est pas dans le ton. Il reste muet. Le manque de sommeil, le souvenir de son humiliation, ses vêtements mouillés, maculés de boue, comme le siège de son auto malgré un plaid jeté à la hâte pour le protéger, le caquetage continu de sa passagère : tout s'acharne à déprimer le lieutenant. Il voudrait être ailleurs, revenir au Havre. Il ne supporte plus Bagnoles, ce trou d'eau dans la verdure, l'Orne, tout le reste. Rentrer au Havre terminer son Proust sur une plage de galets, au moins atteindre la page 148, celle que la chute du livre sur le bitume a abîmée, voilà à quoi se résument les désirs de vacances de Victor Étrela.

Au moment où il freine devant la maison, son portable sonne. Mme Ba s'extrait du véhicule puis court rejoindre la petite famille encore endormie. Elle a hâte de raconter son exploit à Roseline et à Marie-Louise, la tante hospitalière. Il s'en est passé des choses aux thermes ! Elle en était...

30

Quand on partait sur les chemins, à cyclodraisienne...

— Vous allez rire. Votre gars, c'est un bavard quand on le prend par son point faible.

Le capitaine Crampel jubile. La matinée, déjà très fructueuse, —deux arrestations—, promet d'être productive. Il va faire péter les statistiques des affaires résolues sur le territoire de sa compagnie. Sur sa vareuse crottée, il voit briller des nouveaux galons. Il rêve déjà d'un retour précoce dans un coin de son Périgord natal. Cette enquête rondement menée, où la gendarmerie dans la boue aura lavé l'honneur de la police nationale humiliée et mis un terme à un trafic de drogue, propulsera, comme une fusée, sa promotion sur orbite. Il est sur le point de mettre à feu le troisième étage de son avancement. Sa voix de fausset glousse :

— Coquin de sort, il a suffi de lui retirer son râtelier pour qu'il devienne intarissable. Écoutez-le, c'est épastrouillant, on ne peut plus le faire taire. Je crois qu'il faudra l'assommer si on veut être tranquilles pour la suite des opérations !

En effet, Étrela entend un marmonnement plaintif derrière le rire aigu du gendarme. Il imagine aisément la scène : un José Viciale, grelottant, nu, couvert de plaques de boue, en manque de drogue depuis plusieurs jours déjà, écrasé par la silhouette massive et patibulaire de Crampel en pleine santé avec son mètre quatre-vingt-quinze, ses cent dix kilos, sa colère et ses acolytes, des gendarmes qui ne sont pas non plus des demi-portions et sont aussi furieux que leur précieux uniformes soient souillés. Tout ça dans les cinq mètres carrés d'un fourgon tôlé bleu marine. Lui-même aurait les jetons. Il frissonne autant d'empathie que de froid. Crampel a repris la conversation :

— Le troisième lascar, André Sassetot, a décidé de remplacer sa séance de bain de boue par un entraînement cycliste. Il pédale en ce moment sur le vélorail. J'ai appelé des renforts, c'est un mauvais, un vrai vicieux, armé de surcroît, d'après Viciale. On va le coincer à mi-route. Passez à la gendarmerie de Bagnoles, l'adjudant-chef Celerier vous y conduira, si vous pouvez en être, bien sûr..., car je vous ai trouvé en petite forme ce matin. En tout cas, vous n'irez pas raconter que je ne vous ai pas tendu la main, lieutenant.

Victor Étrela s'apprête à dire un mot mais le capitaine ajoute :

— Au fait, Papalegba, ça vous dit quelque chose ? Vous ne nous avez rien caché, j'espère.

Il a pris un ton inamical et raccroche sans attendre de réponse. Victor Étrela voudrait rentrer, se reposer, faire la paix avec Roseline dont l'écart amoureux fantasmatique l'inquiète, câliner Olga, flatter Poupoune, organiser une excursion plaisante, un pique-nique, bref reprendre un instant une vie de vacancier ordinaire. Cependant, il ne peut se dérober. Son honneur, celui de la police nationale, de sa brigade criminelle du Havre, en particulier, sont en jeu. À ce propos, la correction et l'amitié exigent qu'il appelle Fésol pour savoir si les copains sont bien rentrés.

— Ne m'en parle pas, ça chauffe, ici ! répond Fésol en étouffant sa voix. Le divisionnaire de Caen a appelé le patron et fait un raffut de tous les diables. Les collègues de l'Orne ne veulent pas gober que ce sont des Anglais qui ont mis le *Vaudoo Lounge* sens dessus dessous. Ils nous accusent. C'est la faute à Lebru.

— Qu'est-ce que tu veux dire?

— Tu te rappelles qu'il est allé bomber à la peinture noire les toilettes, à coups de tags en anglais, pour donner le change. Sa touche personnelle dans l'opération, comme il dit. Tu le connais.

— L'idée n'était pas mauvaise, répond Victor pour défendre Lebru envers qui Fésol est souvent injuste parce qu'il le déteste.

— Cet abruti a fait une faute d'orthographe, paraît-il. Il a barbouillé les miroirs, les portes et les murs de « sheet » avec deux e au lieu de « shit » avec un i. Les collègues de Caen disent que ça change tout, jamais un Anglais ne se serait trompé comme ça sur un mot ordurier. Bref, Lebru, ce con prétentieux, nous a foutus dans la merde en voulant trop en faire. Nous sommes dans de sales draps. Le commandant Khencheli est aux cent coups, je ne suis pas sûr qu'il nous couvre si les bœufs-carottes viennent enquêter ici.

— Je suis navré de vous avoir embarqués dans ces ennuis.

— Ne t'inquiète pas, petit, on en a vu d'autres.

Fésol essaie de rassurer son jeune collègue, il a pris son accent catalan le plus débonnaire.

— Mais le patron ne t'a pas à la bonne non plus en ce moment... Tu vas revenir la queue basse. De ton côté, vous progressez ?

— Ouais, ça décolle ici, je te raconterai, répond le lieutenant. On tiendra bientôt les Pieds Nickelés.

Voilà une bonne nouvelle, nous ne nous serons pas sacrifiés ici pour rien, conclut Fésol en riant. Je le dirai à l'équipe.

La conversation close, Étrela redémarre. Il devrait rester quelques minutes, le temps de prendre des nouvelles de son monde. Penser qu'il aura une fois de plus à s'expliquer lui est insupportable. Une fois de plus, une fois de moins... Mieux vaut rentrer, l'affaire complètement résolue, en guerrier vainqueur pour qui l'heure du repos a enfin sonné. À l'extrémité du boulevard Chalvet, il prend à droite le boulevard de la Gatinière.

L'adjudant-chef Alison J. Celerier l'attend devant la gendarmerie. Dès qu'il arrive, elle monte dans un Kangoo bleu, s'installe au volant, sans lui dire un mot. Le manque de sommeil la rend aussi de mauvaise humeur sans doute. Pour la forme, il époussette ce qu'il peut de l'argile collée à ses vêtements avant d'entrer dans le véhicule. Aux thermes, il s'est débarbouillé sommairement les mains et le visage mais enfin il est loin d'être présentable. Il se sent trop fatigué pour la conversation. Il marmonne un vague salut puis se cale dans le siège avec un frisson. Il a froid malgré la douceur du matin. Ils passent un rond-point, sortent de la ville. Soudain Étrela se souvient que quelque chose a frappé son attention à son insu. L'œil du policier est toujours en alerte. Il se tourne vers la conductrice. Les yeux de la jeune femme sont gonflés et rougis. Il doute soudain que ces marques soient dues à leurs tribulations de la nuit et au manque de sommeil. Il hasarde par gentillesse :

— Quelque chose ne va pas ?

Alison ne répond pas. Donc quelque chose ne va pas. Elle garde les bras tendus sur le volant, le regard fixe sur la route, mais une larme coule le long de sa joue.

— Vous voulez que je prenne le volant ? propose le policier doucement.

La voiture fait une embardée, puis la gendarme la rabat sur la voie, ralentit, mord sur l'herbe du bas-côté, enfin reprend la route.

— En rentrant chez lui, ce matin, j'ai trouvé mon copain au lit avec une fille.

Victor Étrela, fronce les sourcils et essaie de chasser par quelques mouvements de rides la lourdeur qui lui embrume le cerveau. Il arrive à bégayer :

— Mais, je pensais que...

— Qu'est-ce que vous croyiez ? articule-t-elle avec difficulté sans le regarder ni changer de place. Nous ne sommes pas mariées, chacun de nous est libre. Pourtant, je n'avais pas vu venir le coup, c'est dur. Il faut dire que dans notre métier, on n'est pas toujours disponible.

Alison J. Celerier tourne son visage, vers lui, renifle un peu. Elle se reprend. Avec un gentil sourire qui grimace encore douloureusement, elle demande à son tour à son petit lieutenant :

— Et votre femme ?

— Ma femme ? Elle va très bien.

— Vous le faites exprès ou quoi ? Je ne vous demande pas des nouvelles de la santé de votre femme. Je veux savoir si elle supporte vos absences, vos planques, vos permanences, votre boulot, quoi !

Étrela ne peut pas lui révéler que Roseline était le matin en plein rêve érotique avec le favori du peloton du Tour.

— Ça ne va pas fort non plus, pour tout dire.

Il serait prêt à s'apitoyer sur lui-même avec toute cette fatigue qui lui arrive dessus par vagues. Alison est une brave nature, généreuse. Une bouffée d'altruisme amoureux la saisit à ce moment. Ils sont arrivés, elle gare la voiture :

— Je vais vous arranger ça mon lieutenant. Comptez-sur moi, mais avant... embrassez-moi.

Elle penche vers lui son visage, et ajoute en chuchotant :

— Pelotez-moi un peu aussi, s'il vous plaît.

Le capitaine Crampel cogne à la vitre de la Peugeot.

— Vous avez-mis du temps, Celerier! Qu'est-ce que vous foutiez ? Vous vous êtes rendormie ?

L'officier est trop occupé par son dispositif pour remarquer qu'il y a de la boue aussi sur l'uniforme de son adjudant-chef.

Ils sont en plein dans la forêt d'Andaine, à un endroit où la route croise l'ancienne voie de Bagnoles à La Ferté-Macé. Le parcours du vélorail ne faisant que six kilomètres, l'homme qu'ils recherchent doit déjà être sur le chemin du retour, mais il est là pour s'entraîner et enfile plusieurs trajets de suite. Crampel a donc placé en amont et en aval de la voie ferrée, derrière un arbre, deux hommes équipés de jumelles qui surveillent les lointains pour parer à toute surprise venant d'un sens ou de l'autre. Les minutes passent, on ne voit rien venir. Dans l'immobilité du paysage où le seul mouvement est celui de l'air tremblant de chaleur au-dessus des rails, la scène semble perdre sa réalité. Les oiseaux au balcon, un instant épatés par cette démonstration de force de la maréchaussée, ont vite compris qu'ils n'étaient pas concernés. Ils s'égosillent à crever les tympans de ces pauvres humains qui ont mal dormi tandis que toutes les sauterelles du parterre font croire qu'elles ont entrepris de scier la forêt d'Andaine ce matin. Le chemin de fer est peu fréquenté à cette heure-ci. Il faut dire que, sauf réservation, la location libre n'est ouverte que l'après-midi. Enfin, le gendarme qui surveille la direction de La Ferté agite un bras : machine en vue...

Le fourgon de gendarmerie attend moteur tournant, prêt à barrer le chemin si le conducteur ne marque pas le stop, comme l'y obligent les panneaux, pour céder la priorité à la circulation automobile. Tout le monde s'est plus ou moins dissimulé derrière les arbres, armes aux poings. Seul Étrela n'est pas armé mais Alison J. Celerier ne sait pas bien ce qu'elle fera si ça tourne mal. À

Bagnoles, elle n'a jamais eu à dégainer. Le grincement de la mécanique se distingue enfin du chant des oiseaux. On entend des éclats de rire aussi. De juvéniles voix féminines. Quatre jolies blondes apparaissent, quatre demoiselles de Rochefort en jupes légères sur un engin orange. Deux pédalent, les deux autres rient. Elles s'arrêtent au stop, saluent les gendarmes bouches bées, sortent les appareils photo, et les deux pédaleuses reprennent l'effort sous les encouragements de leurs passagères. Ça piaule, ça jacasse aussi, mais pas en français.

L'attente reprend, insupportable. Alison a quitté son arbre et s'est approchée par derrière d'Étrela, elle se colle contre lui, l'étreint et lui mordille l'oreille. Il se débat en silence. Du couple agité se dégage un petit nuage de poudre d'argile percé par les rayons du soleil. Soudain, le gendarme qui lorgne vers Bagnoles agite à son tour le bras. Les armes pointent de nouveau, prêtes à toute éventualité. Ce sont les mêmes gloussements et pépiements que tout à l'heure. Les filles reviennent.

Elles s'arrêtent à la hauteur des gendarmes qui louchent sur leurs jolies jambes nues. Dans un anglais commenté par les autres en finnois, selon Alison Celerier qui s'intéresse à cette langue, l'une d'elles explique que la voie du retour est barrée par une machine bleue abandonnée un peu plus loin. Elles se sont arrêtées, ont appelé dans la forêt au cas où les véloferristes se seraient écartés pour un petit besoin. N'obtenant pas de réponse, après en avoir débattu, elles ont décidé de prévenir les gendarmes ici présents avant de ramener l'engin à Bagnoles elles-mêmes. C'est très sympathique de pédaler à quatre. Elles font partie de l'équipe nationale finlandaise de hockey venu faire un stage d'entretien physique dans l'Orne. On les laisse repartir, à regret.

Crampel enrage :

— Vous pensez ce que je pense, lieutenant ? Sassetot nous a filé entre les doigts.

— Possible.

— C'est certain. Cette machine abandonnée ne me dit rien qui vaille. Et nous qui sommes là, comme des cons. On ne peut même pas appeler les gares, elles sont désaffectées. On reste encore une petite demi-heure, par acquit de conscience, puis je lève le dispositif.

— Vous n'avez plus besoin de moi, je pourrais peut-être rentrer en ce cas.

— Je n'ai jamais eu besoin de vous, lieutenant, répond sèchement Crampel. Je me serais même passé volontiers de votre présence dans mon secteur. Ça m'aurait fait des vacances. L'adjudant-chef Alison va vous reconduire tout de suite chez votre tonton.

Aussitôt qu'ils ont fait quelques mètres, Celerier soupire :

— C'est maintenant que finit notre histoire, Victor, à peine commencée. Si vous permettez, je dirai quelques mots à votre femme avant de vous quitter.

— Surtout pas. Je ne veux pas rentrer chez moi tout de suite.

Avec un sourire, elle lâche le volant d'une main qu'elle tend vers le visage de Victor Étrela pour une caresse.

— Qu'il est mignon, mon petit lieutenant de police.

Étrela repousse doucement la main.

— Je crois savoir où cet André Sassetot s'est réfugié, adjudant-chef.

31

Affaires de cœurs en rémoulade

Alison J. Celerier attend la suite. Elle vient sous la forme agaçante d'une question.

— Où iriez-vous, si vous étiez poursuivie par la gendarmerie, ce matin ?

— Ce serait marrant, répond l'adjudant-chef. Un autre jour, je vous aurais répondu : « Chez mon copain ». Mais il n'est pas près de me revoir, celui-là, après ce qu'il vient de me faire.

— Plus sérieusement ? insiste Étrela.

— Je suis très sérieuse, je ne connais personne d'autre ici qui pourrait m'aider dans de telles circonstances.

— Eh bien, voilà. Le troisième larron est allé chercher de l'aide chez un complice, au plus près, avant de mettre les voiles et disparaître du secteur. Prenez la direction du boulevard Lemeunier.

Le Kangoo s'arrête devant la maison de la mère Dubreuil.

Après qu'Arlette Dubreuil a ouvert la porte, voyant Victor et la gendarme, elle a un mouvement de recul qui la fait vaciller sur ses articulations. Sa mâchoire tremble, son dentier claque de fureur. Il a du culot de venir sonner chez elle, celui qui a fait arrêter son Maurice.

— Où est-il ?

Au lieu de répondre, la sexagénaire bancale s'empare lestement d'une canne piquée dans le porte-parapluie et tente d'en asséner un coup violent au policier. Alison s'interpose, pare, fait une clef au bras de la femme qui s'égosille, le regard tendu vers l'étage supérieur :

— Sauvez-vous, André !

André Sassetot s'est bien réfugié chez la vieille maîtresse de son ami Bellojart.

On ne la fait pas à Étrela. Comme si l'oiseau pouvait s'envoler par les toits ! Il sait que la vieille poule est une rusée, il se rue donc vers le niveau inférieur : c'est de là qu'il a vu sortir Maurice Bellojart qu'il avait pris pour Mick Jagger le jour de sa première visite. La remise à vélos est en bas sans doute. Fonçant dans l'escalier, il crie à Alison :

— Prenez par l'extérieur !

Ils n'ont pas besoin de s'inquiéter. Le bruit à la fois sourd et métallique d'une chute leur apprend que le fuyard est en mauvaise posture. Sous le coup des abus, du manque de drogue et des efforts physiques fournis pendant sa fuite du vélorail, André Sassetot, est en train de faire une attaque. Au moment de sortir de la maison, la moitié gauche de son corps a cessé de lui obéir. Il s'est effondré sur le vélo rouge qu'Arlette est allée lui chercher dans le taudis de feu Tom Pouque pendant qu'il se changeait. Affalé sur la machine qui gît par terre, la tête grotesquement tordue vers l'arrière, il darde deux yeux épouvantés vers l'assaillant. Il ne peut plus parler non plus.

Dès que le SAMU a emporté Sassetot, que les gendarmes ont cueilli Arlette Dubreuil, Victor Étrela rentre chez son oncle à pied. Alison se proposait de le reconduire jusqu'à chez lui, il a décliné l'invitation. Le lieutenant marche d'un pas tranquille mais mal assuré à cause de la fatigue accumulée, s'appuyant sur le vélo rouge. Cette sorte de butin pourrait piquer la curiosité de Roseline, voire servir de prétexte à une réconciliation. Vraiment ? On verra bien. Il reportera le biclou chez Pouque un peu plus tard. Plus rien ne presse, les délinquants de Bagnoles sont arrêtés. Il est enfin en vacances.

Au fil de sa promenade, des chèvrefeuilles passent le mur zébré d'ombres d'une grande villa. Les fleurs effleurent ses narines à son passage. Étrela hume leur parfum, enchanté de sa liberté retrouvée après les secousses thermales de la matinée aux effluves moins charmantes. Il éternue, il tousse. Tiens ? Il se sait l'odorat aussi fin que fragile mais à ce point... serait-il devenu allergique ? Ou pire, asthmatique ? Un peu plus loin, une orchidée Catleya passe sa fleur de la fenêtre ouverte d'une petite maison. Elle lui rappelle qu'il doit continuer sa *Recherche* encore à peine entamée. Il pose prudemment son nez dessus. Le parfum l'amène à une espèce de trouble de tous ses sens. Le policier n'éternue pas cette fois-là. Le voilà rassuré.

La Kangoo bleue est garée devant le portail. Étrela pose précipitamment le vélo rouge contre le muret de pierre. Qu'est-ce qu'Alison est venue raconter à sa femme ?

La gendarmette descend justement l'escalier en chantonnant et lui décoche un baiser léger au passage.

— Qu'est-ce que c'est que cette histoire ? lance Roseline, campée dans la cuisine, Olga sur la hanche. Elle vient de sortir la petite du bain. Olga se trouve embobinée dans une serviette de bain qui lui couvre même la tête.

— Quelle histoire ? bafouille Victor, avec son air le plus innocent.

— Elle est folle ou quoi, la gendarme qui sort à l'instant ? Elle vient de me dire, textuellement : « Si vous n'en voulez plus, je le prends. » C'est ça l'issue de ton enquête ? Me faire passer un *deal* foireux avec une gendarmette ?

Victor s'abat sur une chaise, épuisé. Il se passe les mains sur le visage avant de braver le regard de Roseline, furieuse.

— Que veux-tu ? C'est la période. Juillet, même les maris sont en solde.

Roseline hausse les épaules. *En plus, il se fout de moi*, pense-t-elle. La jeune femme prend la direction de la salle de bain pendant qu'Olga se tortille. La fillette veut jouer avec son papa.

— Au fait, l'affaire est terminée, reprend Étrela. Nous avons arrêté tous mes agresseurs. Il n'y a plus qu'un ou deux points à éclaircir.

— Voilà une bonne nouvelle, ironise Roseline. Nous allons pouvoir rentrer au Havre. Car les vacances à la campagne, c'est le bagne. Dès que les cheveux d'Olga sont secs, je fais les valises.

Aussitôt que Roseline a disparu, Mme Ba pointe la tête dans la cuisine et chuchote :

— Je vous avais prévenu.

Étrela préfère changer de sujet.

— Georges n'est pas là ?

— Votre oncle l'a emmené à la pêche. Olga boude parce qu'ils sont partis sans elle, la pauvrette. Ils vont pique-niquer aussi. Moi, ça me soulage un peu.

Soudain, le policier sent la faim lui saisir les entrailles ; il en aurait presque un malaise. Il examine le plan de travail et scrute l'obscurité du four de la gazinière pour voir si Roseline ou Josette Ba a déjà préparé quelque chose pour le déjeuner. Rien en vue.

— Le déjeuner est prévu à quelle heure ? demande-t-il d'un ton détaché.

— Il faudra vous débrouiller tout seul, répond Josette Ba avec le sourire. Roseline est en grève : pas de courses, pas de cuisine. Moi non plus je n'ai rien fait, par solidarité. Nous mangerons au restaurant sans vous. C'est moi qui régale.

Victor Étrela se lève, pioche un bout de pain rassis dans la corbeille sur le plan de travail, ouvre le frigo, se saisit d'un chevrotin restant puis retourne à table grignoter mélancoliquement en regardant par le fenêtre le ciel bleu de la belle matinée finissante, déjà si chargée pour lui. Roseline et Olga sont repassées puis parties dans la chambre. Il devrait engager la discussion mais il sait que, d'abord, il affronterait, vent debout, une tempête de reproches. Pas la force, ni le courage. Soudain, son portable sonne. Un appel de Crampel. En voilà un autre qui saute son déjeuner.

— J'ai besoin de vous entendre immédiatement, commande le capitaine de sa voix fluette.

— Où ça ?

— Ici, à Domfront.

— Je ne peux pas venir, ma femme a pris la voiture.

Étrela ment car il veut gagner du temps. Il lui faudrait dormir une heure ou deux. Il se sent l'esprit trop brouillé pour jouer au plus fin avec Crampel. Ce colosse est inépuisable.

— Dans trois quarts d'heure une voiture viendra vous chercher. C'est du lourd, lieutenant, et je suis sûr que vous en savez plus que vous n'avez voulu m'en dire. J'ai eu une petite conversation très intéressante avec vos collègues de Caen. Entre nous désormais, finies les cachotteries.

Le capitaine ricane avant de raccrocher, très content de lui, semble-t-il. Étrela repense soudain au vélo avec lequel Sassetot voulait s'esquiver et qu'il a rapporté. Il décide de le remettre à sa place chez Tom. Cela ferait encore des histoires si les gendarmes le retrouvaient ici dans la cour. Il crie vers la chambre :

— Je vais faire une course, je ne serai pas long.

Il descend quatre à quatre l'escalier, s'empare du vélo. Une fois dans la rue, il l'enfourche, zigzague maladroitement sur deux ou trois mètres. Depuis combien de temps n'est-il pas monté à bicyclette ? Depuis ses quinze ans peut-être. Il préférait les engins motorisés. La passion de Roseline pour la petite reine et tout ce qui rapporte ne l'a pas gagné.

Sur le chemin du retour, il fait un crochet par l'endroit de leurs exploits de cette nuit, Alison et lui. Il passe devant la maison de la maîtresse de son oncle. La femme est aux rideaux. Elle lui fait même coucou de la main. Une trentaine de mètres plus loin, il est surpris par un chant d'oiseau qui va crescendo. Le son semble venir de la base d'une haie. C'est la sonnerie d'un téléphone portable. Le temps qu'il le trouve à tâtons entre les pieds d'arbustes et le feuillage mort, l'oiseau s'est tu. Sur l'écran du téléphone s'affiche : « Un appel manqué de Jérôme. » Ça fera plaisir à l'adjudant-chef Celerier qu'il ait retrouvé son portable. Ça lui donne aussi l'idée d'envoyer de son propre mobile un texto câlin à Roseline pour amorcer la réconciliation.

Quand il arrive à la maison, une voiture en a remplacé une autre. Deux gendarmes sont là à l'attendre auprès de Josette Ba. Où est Roseline ? Roseline est partie avec le *Scénic*. Et Olga ? Roseline est partie en emmenant Olga. Madame Ba affiche une mine sombre.

— Je n'ai pas pu la retenir, Victor. Je vous avais prévenu.

32

Petit baroud d'honneur

C'est la deuxième fois dans sa jeune carrière qu'Étrela est sur la sellette dans une gendarmerie pour cause d'intervention non désirée sur le secteur d'une compagnie. Encore heureux que, cette fois, il ne soit pas menotté comme un suspect. Aura-t-il un jour l'occasion d'une revanche : un gendarme suspect à interroger ? C'est désagréable d'être en position de faiblesse, tous les torts sont pour lui. Même s'il a l'excuse d'un lien de famille avec la victime, le policier n'avait pas à interférer dans l'enquête. Aux yeux de Crampel, ce n'est pas le plus grave. Le capitaine se sent humilié, lui-même et toute la Gendarmerie à travers sa personne. Il prend le silence d'Étrela sur certains points mystérieux de l'affaire pour du mépris de la part d'un policier en civil sur un militaire. Peut-être parce que les flics de ce rang commandent à des agents en tenue, ils se croient supérieurs à tout ce qui porte uniforme. Crampel les soupçonne même de les considérer tous, lui et ses camarades de corps, comme des imbéciles, des brutes épaisses, des soudards incapables de travailler dans la dentelle.

— Faudrait pas jouer au plus con, lieutenant, conclut l'officier de gendarmerie, je laisse toujours gagner à ce jeu-là.

La masse imposante de Crampel lui tourne le dos. Il semble absorbé par le paysage sur lequel donne sa fenêtre.

— André Sassetot s'est montré très coopératif. Le plus loquace des trois. Il n'a pas fallu le priver de son dentier, lui, pour qu'il se mette à table. Heureusement, car il n'en porte pas. Soixante-douze ans et toutes ses dents ou presque. C'est étonnant quand même de la part d'un camé car, d'habitude, les toxicos ont vite la denture déglinguée.

— Comme nous l'avons découvert avec l'adjudant-chef Celerier, intervient Étrela, ils fabriquent et consomment quelque chose de spécial : un cocktail à base de cocaïne sans doute et d'eau minérale de Bagnoles, le "pot bagnolais", aux propriétés stupéfiantes. C'est peut-être l'explication.

Le policier a cru habile de mettre en avant la gendarme afin d'amadouer Crampel. C'est une erreur. Crampel se retourne, rouge de colère et glapit :

— L'adjudant-chef Celerier a pris des initiatives. Or les initiatives sont du ressort du commandement. Elle sera lourdement sanctionnée, je vous le jure. Et c'est vous qui l'avez manipulée, lieutenant. Vous êtes une source d'ennuis pour qui vous approche. Je suis trop poli : un fouteur de merde, vous êtes ! Jusqu'à votre arrivée, nous vivions tranquilles dans notre secteur. L'adjudant-chef pouvait espérer une promotion très prochainement. Vous avez fait des dégâts irréparables.

Les reproches sont exagérés, mais le policier comprend qu'il est inutile de débattre de cela. Dans le désastre dans lequel le hasard et son caractère l'ont poussé à se jeter, s'il pouvait atténuer les ennuis d'Alison, ça lui serait une petite consolation.

— Vous avez raison sur toute la ligne, mon capitaine. Je vous exprime mes plus profonds regrets. Pour ma défense, je dirai seulement que la mort de mon cher cousin, Tom Pouque, m'a bouleversé au point de perdre une grande partie de mon jugement. Je suis prêt à collaborer totalement, ici, tout de suite et vous dire tout ce que je sais.

On ne peut pas s'aplatir d'avantage. Est-ce un effet de sa lassitude ? Une part de lui-même observe cette déculottée avec détachement, comme si un autre avait parlé. Une seconde dissociation se fait et un troisième Étrela ressent naître en lui de l'écœurement devant une telle veulerie, indifférent à sa générosité calculée.

Crampel s'est assis en face lui, les mains jointes, ses doigts boudinés se croisent sur le sous-main de cuir bordeaux du bureau, un accessoire de colonel au moins, cadeau personnel de madame Crampel.

— J'en suis ravi, et dans ce cas, je vous écoute, reprend-il d'un ton qui se veut engageant.

Le Périgourdin se méfie tout de même, ses yeux se plissent. Il prend l'air madré d'un maquignon à qui on voudrait faire prendre une jument de trait sur le retour pour un fringant étalon arabe.

— Toutefois, j'aurais un souhait, une faveur à vous demander qui m'aiderait à rassembler tous mes souvenirs et faciliterait mes confidences.

— Nous y voilà. Un petit marchandage ? réplique Crampel. Dois-je vous rappeler que vous êtes entendu comme témoin dans le cadre d'une enquête, que, par conséquent, tout mensonge ou omission sera retenue comme une entrave à l'enquête et pourrait vous coûter cher ? À part ça, je suis bon prince, demandez toujours.

Le capitaine savoure sa victoire et boit du petit lait.

— Je voudrais que mes révélations effacent les griefs contre l'adjudant-chef Celerier.

Les yeux du militaire s'écarquillent. Le ton devient jovial et égrillard.

— Sapristi, vous en pincez pour Celerier, lieutenant ! Vous avez du goût. Beaux nichons, et quel cul ! Et tout le reste ! De beaux yeux aussi et un joli minois, ce qui ne gâte rien. Pas trop grande non plus. Moi aussi, j'aime les petites femmes. Vous vous l'êtes faite ? C'était comment ? Ne soyez pas chien, il faut savoir partager ses plaisirs aussi.

Il ricane graveleusement en se moquant de son interlocuteur.

Étrela se prépare à passer sous les fourches caudines. Surtout choisir les bons mots. Le policier lâche, comme avec réticence et malgré lui, une sorte de capitulation.

— La Gendarmerie peut être fière. Je ne connais rien de supérieur. C'est inoubliable.

Dieu merci, Crampel, magnanime, sinon galant homme, n'en veut pas plus apparemment. Il siffle son admiration et semble se gonfler de fierté comme un pigeon se rengorge d'amour. Pourtant, Étrela croit distinguer un regard narquois fugitif entre deux battements de paupières. Ça ajoute à son malaise.

— J'écoute votre version des faits. Quant à ce que vous m'avez demandé, j'y réfléchirai, promet le gendarme en ricanant encore un peu.

— Vous avez brillamment et rapidement élucidé la mort de Tom, reprend le lieutenant, un banal accident de la route. Heurté par des jeunes gens qui avaient trop bu en pleine nuit et qui, pris de peur ont voulu se débarrasser de lui en l'immergeant dans le lac. Il se trouve que par coïncidence, cette nuit-là leur victime, mon cher cousin, Tom Pouque, venait d'intercepter une livraison de drogue d'un certain Papalegba aux trois guignols capturés.

— Je suis content que vous avouiez le connaître, celui-là ! s'exclame Crampel

— Ce type, patron du *Vaudoo Lounge*, à Caen, les approvisionnait en poudre tandis que les trois lascars fabriquaient le pot bagnolais qui était revendu dans son établissement, et sans doute ailleurs, sous forme de boisson tonique. Les gains devaient être pharamineux.

— Comme je vous l'ai dit, intervient le gendarme, vos collègues policiers de Caen m'ont donné quelques renseignements d'autant plus facilement qu'ils ont su que je vous avais dans le collimateur. Ils vous accusent d'avoir foutu le bordel chez eux aussi avec vos copains du Havre. Ça va chauffer pour vous, mon jeune ami.

Crampel se prend à rire. Il essuie même une larme, tellement le malheur des autres fait son régal et le console un instant de ses propres ennuis. Il reprend cependant vite son sérieux.

— J'aimerais bien tenir ce type. Il semble avoir disparu de la circulation. Sassetot nous a dit que Papalegba leur faisait connaître le lieu de la livraison une fois par mois en déplaçant une figurine de facteur sur la maquette des trains miniatures de Clécy. Ils trouvaient la marchandise dans la nuit du mardi suivant dans la boîte aux lettres du lieu désigné. Comment votre Tom Pouque a-t-il découvert le stratagème ?

— Il avait travaillé aux miniatures, voilà pourquoi il s'est rendu compte du manège. C'est son copain Gégène qui m'a appris ça.

— Tiens, j'ai failli l'oublier, celui-là. Où l'avez-vous déniché ? La brigade de Bagnoles n'a pas pu l'interroger jusqu'à ce jour.

— Gégène se terre dans le mausolée des frère Goupil, tout près du château, depuis que Tom est mort, persuadé que c'était un assassinat de représailles.

Crampel fronce les sourcils et note sur une feuille l'information.

— Connais pas cet endroit.

Étrela se garde bien d'ajouter qu'il avait recommandé à Celerier mettre son chef au courant. Pourquoi ne l'a-t-elle pas fait ? Mystère. Au fond, cela ne le concerne pas.

— Moi aussi, j'étais persuadé que Tom avait été assassiné, à cause des traces de drogue qu'on a trouvées sur lui comme sur le canard. Ce n'était pas le cas mais j'ai déclenché la réaction des petits trafiquants locaux.

— Vous avez eu de la chance, commente Crampel, ils ont seulement voulu vous effrayer. Ce ne sont pas des professionnels. Viciale est même un peu poète. C'est lui qui a suggéré qu'on vous écrive un avertissement sur le bide. Ils étaient perdus depuis la disparition de la dernière livraison et celle de leur pourvoyeur. Ils ne comprenaient rien à la situation. Ils attendaient le retour de Papalegba. Ils lui ont même placé un signe d'alerte : ils ont enfilé un préservatif sur la maquette de la tour de Bonvouloir aux trains miniatures, ces bouffons. C'est encore sur une proposition de Viciale. Eux-mêmes n'ont pas associé la mort de Pouque à leur affaire. Ils ne pouvaient pas savoir que notre service scientifique avait découvert de la drogue sur le mort. C'est vous qui avez mis un coup de pied dans le nid de guêpes en fouinant du côté de la villa, leur laboratoire clandestin.

— Ils n'ont pas eu le temps de le soupçonner, je crois. Mon cousin était en quelque sorte leur complice puisqu'il leur permettait l'accès à la maison dont il était le gardien, moyennant rétribution. Il a disparu la nuit même où la drogue leur a été subtilisée, ils auraient pu y penser mais sa mort l'a innocenté.

— Je vous le confirme. Ils sont en plein brouillard. Les sachets auraient dû être déposés cette fois-là dans la boîte aux lettres de Bonvouloir. Il y en avait souvent pour cinq cent grammes de pure cocaïne. Le peu qu'on a trouvé sur lui et dans le canard —il ne faut pas l'oublier, ce bestiau-là— ne font pas le compte. Vous n'avez pas idée où votre cousin aurait pu les planquer ?

— Si les jeunes qui l'ont heurté ne s'en sont pas emparés, il les a laissés quelque part sur place ou sur le trajet avant l'accident.

— J'y ai pensé. Nous faisons une perquisition à Bonvouloir dès cet après-midi, j'ai fait venir un chien des stups. Vous n'êtes pas invité. Que croyez-vous qu'il soit arrivé à Papalegba?

— Croyez-moi, je n'en sais fichtre rien. Personne n'a pu me renseigner.

— La source d'approvisionnement du bonhomme, vous avez une idée ? Pour les stups de Caen, c'est une énigme sur laquelle ils se cassent les dents depuis des mois. Et vos couillonnades leur ont bousillé une enquête de longue haleine. Il doit pourtant y avoir du gros derrière. Ça ferait une belle prise.

Le capitaine rêve tout haut. Il se voit déjà dans son Périgord natal, décoré, en cueilleur de champignons ou en pêcheur à la ligne. Étrela s'impatiente. Ce n'est pas à lui de s'occuper de ça aussi. Pourquoi lui coudre directement des galons supplémentaires sur la vareuse ?

— Sachez qu'avant de venir à Bagnoles, je n'avais jamais entendu parler de ce type-là. Son activité ne s'étend pas au-delà de l'Orne, à l'évidence.

Crampel soupire et se laisse aller à se balancer sur sa chaise.

— Au fond, à part le témoignage de Gégène. Vous ne m'apportez rien. Je n'ai pas besoin de vous, en fait.

Il fixe le policier, tape sur son sous-main et reprend.

— Voici ce que nous allons faire. Je vais rédiger mon rapport. Vous n'y apparaîtrez pas, pas même votre suspension comique à la Roche d'Oëtre. Promettez-moi de votre côté de ne faire aucune déclaration me contredisant. Dans ces conditions, j'oublierai peut-être les initiatives de Celerier.

Crampel veut s'attribuer tout le mérite du démantèlement d'un réseau de drogue local auprès de sa hiérarchie, pense Étrela avec mépris. Le capitaine le devine.

— Ne vous trompez pas sur mon compte. Je ne fais pas ça par vanité, précise-t-il. L'homicide de Pouque comme ce trafic de drogue s'est produit sur le territoire de la Gendarmerie et sont donc résolus par la Gendarmerie. Un point, c'est tout. Je prétends appartenir un grand corps des forces de l'ordre. Je ne vous permets pas, vous et vos acolytes en vacances, d'y mettre le foutoir pour vous distraire.

— Je comprends, mon capitaine, acquiesce Étrela, faussement penaud mais sincèrement soulagé d'épargner à Alison des sanctions officielles qui briseraient sa carrière. J'ai encore une question, si vous permettez.

— Laquelle ? Vite, je vous ai assez vu et, comme vous savez, j'ai du boulot. Je ne suis pas en congé, moi.

— On n'a pas retrouvé le vélo de Tom ; celui qui est chez lui vient d'ailleurs. Vous savez quelque chose à ce sujet ?

— Ce n'est que cela ? La victime était à bicyclette. Les coupables ont jeté aussi la bicyclette dans le lac, à un autre endroit que Pouque. Puis quand le cadavre est remonté, ils ont eu l'idée de rapporter chez Pouque un vélo trouvé sur place, sans trace de l'accident, pour donner le change, égarer les soupçons. Des momeries vues dans quelque série américaine, quoi. On ne l'a pas encore cherché. Au pire quand le lac sera vidangé, cet automne, on le retrouvera. Ce n'est qu'un détail, nous avons des aveux croisés et concordants de toute façon. Vous le voulez en héritage ?

— Non, ça m'intrigue, c'est tout.

Cette substitution de cycle met Étrela mal à l'aise, sans qu'il sache exactement pourquoi. D'ailleurs, vélo ou bicyclette ? Il se souvient avoir lu quelques lignes catégoriques de Philippe Delerm sur la différence. Jusqu'à présent, il ne s'était pas posé de question. Ce n'est pas le capitaine qui l'éclairera à propos d'un détail pareil.

Au moment où le policier quitte le bureau, Crampel pose sa grosse patte sur son épaule et serre.

— On m'a dit que votre femme était partie. Vous devriez en faire autant, lieutenant. Et bonne chance pour la rattraper. Quelque chose me dit que vous, vous n'êtes pas un coup inoubliable. Elle pourrait vite se passer de vous. Mais, il est vrai que quand on a tâté de la Celerier...

Il a dit cela du ton le plus gras que lui permette sa voix de fausset. Victor Étrela hausse les épaules, il est au-delà de la bêtise et de la méchanceté. Dans la voiture des gendarmes qui le ramènent à Bagnoles, il essaie plusieurs fois de joindre Roseline sur son mobile. Elle est sur répondeur. Soudain Victor voit rouge. Elle refuse de lui parler. Elle est en train de conduire? Il ne veut plus rien savoir. Victor voit noir. Il devrait être compréhensif ? Et elle, alors ? Il explose intérieurement de colère. Est-ce sa faute à lui s'il plaît à d'autres femmes, en particulier à celles qui sont membres des forces de l'ordre ? Il n'est pas spécialement bel homme, on ne le prendrait pas pour George Clooney quand il demande un café. Il n'est pas grand, n'a pas les yeux bleus ni les tempes grises mais, comme Roseline elle-même le lui a dit, il y a quelque chose en lui de profondément mâle, —pas macho—, qui séduit. C'est ainsi. Phénomène peut-être phéromonal. Il attire la femme, surtout la policière ou la gendarme. Il n'est pas insensible, et puisque Roseline a décampé, qu'elle l'a abandonné dans ce trou perdu où il connaît les pires congés de sa vie, il va se venger. Elle l'aura voulu. Alison lui tend les bras ? Il va se jeter dedans, et tout de suite. Il demande qu'on le dépose à la brigade. Le téléphone de la gendarme à la main, il demande l'adjudant-chef Celerier. Elle est de repos dans son appartement. Comme on le connaît bien désormais, on le laisse aller sonner à sa porte.

33

Deux cochons chez les nudistes

— Vise un peu celle-là, mon grand, comme elle frétille !

C'est à Georges Faidherbe que l'oncle Bertot s'adresse. Une demi-heure auparavant, il lui avait déjà dit les mêmes mots, sur le même ton qui n'invitait pas seulement à regarder, mais à fondre sur une proie. À ce moment, c'était une magnifique truite argentée qui filait entre deux rochers, à deux mètres sur leur droite, au milieu de la Vée. Alors Georges a sauté sur la bête avec toute la science ancestrale du pêcheur à main nue devant les yeux ébahis de Christophe Bertot. Voilà comment : s'appuyant sur la canne à pêche en guise de perche, Georges a atteint le rocher central pour se tenir face à la truite qui remontait à contre-courant, et d'une prise à la cuillère en revers de bras aussi vive qu'habile, la truite était enlevée et jetée sur la berge. Après une dizaine de prises aussi faciles qu'ennuyeuses comme celle-là, l'oncle a baissé la canne et, en grognant, fermé le couvercle de son panier encore vide. Sans même le remplir du tas déposé par le triomphe de Georges, ils ont regagné son triporteur motorisé encore estampillé sur la caisse « Bertot ramonage, service à toute heure,

Bagnoles de l'O. » en lettres art déco. Le r est un peu effacé.

Tonton Tophe avait emmené le petit Georges au bord de la Vée pour l'occuper durant ses dernières heures à Bagnoles, alors que le gamin venait d'être définitivement viré des Thermes et ravageait la maison. Il avait donc décidé, sur forte recommandation de sa femme, d'aller lui enseigner quelques rudiments de pêche au lancer. Inutile, le gosse n'a présenté aucune notion de la mesure : ce qui compte à la pêche, c'est le temps qui s'écoule au rythme d'un courant, pas le nombre de prises en un temps record.

— Elle est un peu loin, mais si tu pouvais la choper comme une truite, nom de dieu ! Ce serait un régal ! dit l'oncle Bertot derrière ses jumelles.

Georges ne bouge pas. Il ne comprend pas. Après leur station express au bord de la Vée, ils ont quitté la rivière pour remonter vers Juvigny-sous-Andaine. Ils se sont arrêtés au Marais du Grand Haze. Bertot a caché le triporteur sous des arbres et ils se sont avancés vers les bords du marais. Bertot marchait plié en deux. Faidherbe a eu beau flairer le poisson à proximité, le matériel est resté dans la cabine du triporteur. Ils ont vite tourné le dos à l'étendue d'eau pour épier la campagne, cachés derrière des buissons. Au-delà de ces buissons dans la visée des jumelles, ce sont des tentes et des petits bungalows. Le camp naturiste, que l'oncle Bertot a découvert un jour qu'il était allé pêcher par là, où les adeptes de la nudité intégrale s'aventurent jusqu'au bord de l'étang, pour tremper leurs chevilles les jours de grande chaleur. Georges s'avance soudain, à découvert, devant trois jeunes filles qui s'approchent de l'eau.

— Cache-toi, Ducon ! tu vas nous faire repérer ! Merde ! Il faut tout t'apprendre à toi alors ! lui lance le tonton d'une voix étouffée.

— Un textile ! s'exclame l'une des filles, petit et moche en plus !

L'oncle remballe ses jumelles.

— Viens, Georges. C'est râpé, on est repérés.

Georges Faidherbe saute dans la caisse avant. Le triporteur est démarré d'un coup sec sur le pédalier, puis dérape sur la voie de terre avant d'attaquer à toute vitesse la départementale.

— Téléphone à la maison, Faidherbe, et dis qu'on prépare le goûter ! hurle Bertot à son passager, oubliant l'incapacité de celui-ci à comprendre seulement ce qu'on lui demande.

Pourtant, contre toute attente, Georges disparaît dans la caisse et en ressort en montrant un téléphone.

— Eh ! pas bête, l'animal ! Attends, je te donne le numéro.

Mais on klaxonne nerveusement derrière eux. Bertot tourne la tête. Une voiture bleue. Les gendarmes. Or l'oncle, dans la précipitation de la fuite, n'a pas fait remettre son casque à Georges. De fait, le break roule à leur hauteur un instant, le passager tapote sur son crâne d'un air fâché. Le véhicule accélère pour les dépasser. Une camionnette suit. Même geste du passager, qui ouvre la vitre de sa portière. C'est le capitaine Crampel :

— Dites donc là, et le petit, avec son téléphone, il n'a pas droit au casque lui aussi ?

L'affaire en cours est trop grosse. Le capitaine a dû mobiliser la Brigade de Recherche et même requérir l'appui d'une Section de Recherche départementale. Il fait du zèle.

Bertot fait signe à Faidherbe d'enfiler son casque. L'autre heureusement, a compris la demande et s'exécute.

— Mais c'est notre nabot minable homme des neiges ! s'exclame Crampel en ricanant, et le Ramonage bagnolais au volant ! La belle équipe ! Où allez-vous ? Nettoyer les cheminées du château ? Eh bien, il n'y a plus de château à Bonvouloir depuis belle lurette !

Le fourgon se maintient encore à hauteur du triporteur. Crampel reprend, en plissant des yeux avec malignité.

— Quand on en aura fini avec la sortie qui nous occupe présentement, il faudra qu'on parle un peu, tous les trois, hein ?

Le capitaine ne laisse pas le temps à Bertot de répondre. Le véhicule les dépasse. *Pourquoi veut-il les voir ? Est-ce qu'il sait pour mes escapades nocturnes ? Il y a eu des plaintes ?* se demande Christophe Bertot.

Les véhicules des forces de l'ordre tournent à gauche vers la Tour de Bonvouloir, ce qu'il reste du château. *Qu'est-ce qui se passe là-bas ?* Bertot les suit. Il veut savoir, mais il veut aussi être rassuré sur son sort. C'est plus fort que lui, il n'en dormirait pas de la nuit et, d'anxiété nerveuse, risquerait de multiplier les visites imprudentes. L'autre nuit l'a averti. Tomber pour flagrant délit de pelotage, c'est vraiment la honte.

Et s'il sent Crampel soupçonneux, tant pis, il lui donnera le nain de son petit-neveu en pâture en lui disant qu'il est allé le rechercher au camp de nudiste où il fichait la pagaille.

34

Faut pas prendre les canards sauvages pour des enfants du bon Dieu

Au soleil de juillet, la fine tour de Bonvouloir dresse haut son prépuce d'ardoises qui luit vivement de tout son éclat. Le visiteur est ébloui, voire écrasé par le saisissement au pied de ce monument de plus de vingt-six mètres proclamant à la face du monde, depuis le XVe siècle, la virilité retrouvée du seigneur Guyon Essirard, par un effet miraculeux des eaux de source de Bagnoles. À la vue de ce phallus minéral à jamais inflaccide, les mains deviennent moites, les gorges sèchent, les femmes ont des vapeurs, les hommes ont soif. Or, fort à propos, en face de la tourelle d'où jaillit l'appendice de pierre, une petite maison de construction plus récente fait office de pavillon d'accueil et de café bar à cidre.

Aucun touriste à cette heure. La chaleur est écrasante sur cette place exposée au plein soleil. Les voitures se garent dans un nuage de terre asséchée. Les portières claquent. Les gendarmes descendent et marquent le sol de la semelle de leurs rangers Magnum. L'homme qui tient le bar sort le ventre, puis la tête sur le seuil. Il bâille, rajuste ses bretelles et met sa main en visière pour mieux identifier les visiteurs. Il n'a jamais vu tant d'uniformes dans le coin, ni tant de monde à la fois. Une douzaine, pas moins, et l'arme au poing encore. Les gendarmes, Crampel en tête, marchent pesamment, écrasés par la chaleur, les chemises bleu-ciel auréolées de sueur aux aisselles, ils portent les bras loin du corps et balancent lourdement leurs bassins lestés de métal et de cuir. Ils s'arrêtent un instant, alignés dans l'ombre de la tour pour jauger les lieux et laisser le temps à Crampel de s'essuyer le visage. Le silence, pesant aussi, est régulièrement traversé de klaxons qui trompettent dans le lointain : le Tour de France fait rage dans la télé de la maisonnette. D'un grand arbre mort, une buse siffle soudain. Un mulot qui aurait mieux fait de prolonger sa sieste couine à mort.

— Sortez le chien, ordonne le capitaine au gendarme du Groupe d'Intervention Cynophile.

Le militaire ouvre la cage d'un Saint-Hubert, la meilleure pointure question flair avec son museau énorme. L'animal est fraîchement arrivé du centre de formation de Gramat.

Puis Crampel lance à l'adresse de l'homme, sans bouger de l'ombre de la tour qui le protège du soleil :

— Salutations, monsieur. Il faut qu'on jette un coup d'œil. On ne va rien déranger.

— Qui que vous cherchez ici ? La caisse ?

L'homme est malicieux. Il ne prend pas ce déploiement de force au sérieux. Crampel ne relève pas la plaisanterie car il faut ménager un éventuel témoin. Il répond par une autre question :

— Vous n'avez rien retrouvé d'insolite sur le site à l'occasion, un sac, un paquet, une enveloppe ?

— Des enveloppes, y en a plein mon courrier. Des réclames en veux-tu-en-voilà, qui brûlent mal dans la cheminée, j'en ai tous les jours. Je m'en sers pour emballer les bouteilles de cidres aux clients. Vous en voulez ?

Le capitaine est partisan de la fraternisation avec l'indigène, lubrifiant indispensable de la recherche de renseignements. Mais la présence de la Section de Recherche le pousse à refuser le cidre pendant l'opération.

— On ne serait pas en service, ce ne serait pas de refus. Seulement un peu d'eau pour le chien, s'il vous plaît. À part ça, votre courrier, vous le prenez à quelle heure ?

— Onze heures pile. J'suis une vraie horloge. Demandez au facteur. C'est comme ça que je m'ennuie pas ici.

Le capitaine se dit qu'une telle régularité favorise les coups montés. Mais cela veut dire aussi que, pour la constater, Papalegba était un familier des lieux. Il montrera sa photo au bonhomme ainsi qu'au préposé de la Poste dès qu'il l'aura reçue de Cæn. La brigade des stupéfiants de la Police Nationale n'est pas pressée de collaborer maintenant que l'affaire lui échappe. Peut-être qu'ils sont trop occupés à faire sauter leurs collègues du Havre qui les ont grillés. Pendant ce temps, la Gendarmerie tire les marrons du feu. Cette pensée fait sourire Crampel.

Le tenancier de la buvette prend ça pour une marque de sympathie. Sentant monter en lui un grand désir de rendre service, il s'ouvre comme une huître sous l'effet d'une pulsion exhibitionniste.

— Et un cyclisse sur un vélo rouge harnaché d'une besace, par hasard, ça vous intéresserait point ? J'en ai un qui va, qui vient depuis le début du printemps. I' monte à la tour, i' descend, i' nourrit des oiseaux. Bref, i' me paraît louche, si vous voulez le fond de ma pensée. En plus de ça, il est trop bronzé pour être honnête, si vous voyez ce que je veux dire...

L'homme cligne jovialement de l'œil. C'est du racisme bon enfant. Il ne ferait pas de mal à une mouche parce qu'elle est noire. Il l'écraserait seulement parce qu'elle vient l'emmerder en bourdonnant autour de lui et, avec sa petite trompe dégueulasse, pomper le bon cidre des Normands.

Crampel voit très bien. À tous les coups, c'est leur homme, Papalegba.

La suite se passe très vite. Une pétarade leur provient de la route. Les gendarmes se retournent. Le moteur du triporteur ronfle à l'entrée de la propriété, puis s'éteint.

— Allez voir ce qu'ils veulent ces deux-là, et dites-leur de dégager, commande Crampel à un de ses hommes.

Devant eux le chien jappe en tournant comme un enragé autour d'un pressoir en pierre, puis geint et pleure comme s'il éprouvait une grande douleur. Le maître se penche au niveau où le chien s'est arrêté, écarte une touffe de saxifrages puis glisse la main dans une anfractuosité entre les pierres, disjointes ou brisées par le temps. Il en sort un premier sachet de plastique.

— La dope est là ! s'écrie-t-il.

Pourquoi Tom Pouque n'en a-t-il pris qu'un échantillon le soir où il s'est emparé de la livraison de Papalegba et a-t-il laissé le reste sur place ? Personne ne le saura jamais : le marginal ne pouvait prévoir qu'il serait victime d'un accident de la circulation, il pensait sans doute venir récupérer plus tard ce qu'il avait laissé.

Tous les regards sont braqués sur le couple homme et animal. On attend pour savoir quelle quantité de poudre sera saisie. Crampel espère un record. Soudain, un trait roux traverse l'esplanade, zigzague entre les uniformes et fonce en direction du maître et de son chien, en arrêt devant cette apparition. Bertot se précipite vers

Crampel qui allait récupérer le paquet et s'écrie avec un embarras exagéré.

— Excusez-le, messieurs ! Ce Georges est intenable, un vrai petit singe !

Georges Faidherbe, commandant de police momentanément en disponibilité pour cause de rajeunissement et de régression phylogénique d'origine médicamenteuse, a gardé un flair exceptionnel augmenté de celui de nos ancêtres préhominiens du Pliocène. Bien sûr, dès son arrivée sur place, il avait senti la cocaïne, base psychotrope du pot bagnolais, que vient de débusquer le chien. Mais c'est une autre chose, une chose organique, cachée bien au-delà et portant trace de la même substance chimique, qu'il renifle de son odorat incroyable. Cette chose approche. Il en devine même la nature, et cherche d'où elle viendra, en tournant sur lui-même, respirant fortement à tous les vents. Le gendarme cynophile recule, tirant sur la laisse, devant ce derviche renifleur qu'il craint de voir mordre son chien. L'homme consulte d'un regard son supérieur, espérant un ordre de retraite.

— Mais continuez à renifler, continuez ! hurle Crampel.

Et à l'adresse de l'oncle Bertot :

— Qu'est-ce qu'il fout là, le petit anormal ? Sortez-le d'ici immédiatement ou je vous embarque tous les deux !

Bertot préfère son triporteur au panier à salade. Il tente d'amadouer le gendarme :

— Non, non, regardez-le, comme c'est remarquable. C'est le flair incarné, l'essence même du policier, mon capitaine !

Devant le regard dubitatif et furieux de Crampel, Bertot croit bon de jouer sa carte personnelle en vue de détourner de lui tout soupçon à venir.

— Il s'entraîne même la nuit, dans nos rues, quelquefois. Le personnage est petit, son vice est immense...

Le capitaine Crampel a à peine le temps d'enregistrer l'information que Georges Faidherbe, montrant de l'index le chien, part soudain d'un hurlement extraordinaire qui fige tout le monde d'effroi. Or, ce cri guttural est un rire, son premier depuis bien longtemps, et ce rire est une victoire de l'homme sur l'animal car, c'est bien connu, le rire est le propre de l'homme. Dommage, Mme Ba n'est pas là pour apprécier ce retour décisif de son protégé vers l'humanité.

Quant au Saint-Hubert, qui n'a pas inventé le fil à couper le beurre, il reste et restera bêtement chien malgré ses galons, ce qu'il est depuis toujours et sera jusqu'à la fin des temps, sans perspective d'évolution, truffe à ras de terre, queue métronomique à l'horizontale, regard d'incompréhension abyssale devant le rire humain. Faidherbe rit car il a senti que la solution approche. Elle vient du ciel. Le maître-chien, lui, n'est pas plus avancé que son animal. Georges Faidherbe profite de ce que le gendarme est encore sous le choc pour saisir le sachet de poudre de ses mains aussi rapidement qu'il avait attrapé une truite à la rivière, et foncer vers la tour. Il gravit en deux bonds les quelques marches menant à la tourelle accolée, s'agrippe fermement à la paroi de la tour et crapahute avec agilité de pierre en pierre vers son sommet.

Parvenu au faîte du bonnet cylindro-conique, il arrache d'un coup de dents l'angle du sachet de drogue. À califourchon sur les ardoises, Faidherbe secoue ensuite le contenu. Sans vent, la poudre environne lourdement d'un nuage blanchâtre l'aplomb de la tour de Bonvouloir. Personne au sol ne comprend d'abord sa manœuvre. Soudain un bruissement d'ailes passe au-dessus de la buvette : cinq canards sauvages, jusqu'alors au repos sur un étang voisin, approchent en formation triangulaire, caquettent de concert, virent à droite et pénètrent dans le nuage de cocaïne.

Pour la suite, aucun témoignage ne présente exactement la même version des faits. Des témoins assurent avoir vu Georges Faidherbe bondir à plus d'un mètre au-dessus du chapeau de la tour et saisir le cou d'un oiseau en vol. Ce qui paraît quand même exagéré. D'autres affirment qu'il a été attaqué par l'un des volatiles : l'ex-policier présente en effet une plaie perforante entre la dixième et la onzième côte. Aveuglé, rendu ivre par le nuage de drogue, il a chu du haut de l'édifice en tenant le volatile par les pattes ou les ailes. D'autres disent encore l'avoir vu plonger délibérément sur le dit palmipède, amortir sa chute avec l'agilité d'un écureuil roux sur un conifère qui a plié sous le poids, avant de toucher lourdement le sol entre la Tour et le pressoir. Enfin, deux témoins, le tenancier du café et M. Christophe Bertot, jurent avoir entendu Georges Faidherbe crier du haut de la tour, juste avant qu'il ne tombe des vingt-six mètres : « J'ai la mule ! »

Ces paroles cesseront d'être énigmatiques quand on aura découvert que l'oiseau retrouvé sous le corps du policier havrais était équipé d'un gilet ultrarésistant, imperméable, en Goretex, qui renfermait dans sa doublure une demi-livre de cocaïne. Le canard était bien une « mule », c'est-à-dire, dans le jargon des stupéfiants, un passeur de drogue, en l'occurrence ailé, sauvage et migrateur.

35

Basse bande

Ce matin, dès qu'il a entendu Mme Ba revenir de sa cure, Christophe Bertot est monté aux nouvelles, *L'Orne combattante* à la main. On y relate à la une les événements de la veille dont il a été le témoin privilégié, presque un acteur, sous le titre « Les gendarmes ouvrent la chasse au canard avant l'heure et saisissent un kilo de cocaïne ». Josette Ba n'est pas d'humeur à écouter pérorer l'oncle. D'abord, elle est encore soucieuse de l'état de santé du petit Georges. C'est son deuxième séjour à l'hôpital. Rien de grave, paraît-il, à part sa blessure intercostale. Cependant, le médecin a préféré le garder pour une série de radiographies. Il a parlé aussi de l'hospitaliser au C.M.P.R., un centre de soins pour accidentés, près de la mairie. Comme Georges ne parle pas et ne se plaint pas, on ne sait jamais. Josette Ba ne le récupérera que ce soir, mais comment sans voiture ? Ensuite, elle en veut au tonton d'avoir justement conduit l'ex-commandant sur un lieu d'action dangereuse. Ils ne pouvaient donc pas rentrer de la pêche directement pour le goûter, comme prévu ? Elle est aussi tracassée par le départ de Roseline et d'Olga. La débâcle du couple Étrela l'affecte. Et puis, quand Georges Faidherbe rentrera ce soir, qui jouera avec lui ? Certes pas la chatte Poupoune, qui le fuit d'aussi loin qu'elle l'entend, le voit ou le sent. Olga va lui manquer terriblement. Faidherbe ne peut plus se livrer à ses escapades nocturnes du début de séjour. Elle craint pour lui une crise de neurasthénie dépressive. Pendant que Mme Ba lui prépare un café, Christophe Bertot lui lit les informations que le journaliste a obtenues des militaires :

« Le réseau démantelé qui sévissait à partir de Bagnoles pour fournir un cocktail stupéfiant, « Le Pot Bagnolais », à un établissement nocturne bien connu de Cæn, était en passe d'étendre ses méfaits à nombre de buvettes de clubs sportifs. On frémit aux périls auxquels les amateurs de sport du département viennent d'échapper de justesse, grâce à la vigilance de la Gendarmerie. Selon des sources autorisées, le pourvoyeur du produit de base, —de la cocaïne pure d'origine colombienne—, est identifié mais reste introuvable. Il déposait la marchandise dans des boîtes aux lettres où les complices venaient la récupérer. Il semble que la dernière livraison ait été interceptée par un marginal Bagnolais, entre-temps décédé dans un accident de la route mais dont le corps avait été jeté dans le lac de Bagnoles par les responsables de la collision, événement dramatique et criminel dont nos éditions précédentes se sont fait largement l'écho la semaine dernière. Le moyen de transport de la drogue adopté par les trafiquants fait toute

l'originalité de cette affaire déjà dite de la « Cane de Bagnoles », qui promet de faire grand bruit dans les médias. Le produit, arrivé de Colombie par bateau jusqu'au Maroc, était expédié par voie aérienne aux moyens d'oiseaux migrateurs. Les trafiquants ne savent plus quoi inventer pour inonder le marché normand ! Un harnais solide et léger permettait à chaque volatile de porter une certaine quantité de marchandise. Les observations faites sur le premier oiseau capturé vivant, grâce à l'intervention inopinée d'un fameux commandant de police du Havre en villégiature dans notre cité, une cane ... »

— Vous voyez qu'on parle en bien de votre protégé dans le canard, Josette. Pas un mot sur mon rôle, en revanche, commente Bertot, dépité.

— Je préfèrerais que vous n'ayez pas mêlé Georges à ça et qu'on le laisse tranquille, bougonne Mme Ba. Buvez, votre café refroidit.

Bertot ne réagit pas, il continue sa lecture à haute voix.

— « *... permet de penser que les oiseaux étaient eux-mêmes rendus toxicomanes et récompensés par une dose quand ils livraient à bon port. D'autres bêtes sont en cours de capture. Cela prendra plusieurs jours sans doute. L'opération présente quelques difficultés car ces canards semblent méfiants, ils ne se livrent pas à n'importe qui. Ils paraissent même abhorrer l'uniforme. Par ailleurs, les autorités préfectorales rappellent que la* *chasse reste interdite, que tout oiseau trouvé, mort ou vif, porteur de l'équipement décrit plus haut de produit illicite, doit être immédiatement confié à la gendarmerie la plus proche. Les contrevenants s'exposent à l'accusation de recel ainsi que de trafic de drogue. Nous ne manquerons pas d'informer nos fidèles lecteurs des développements futurs de cette énorme affaire.* »

Bertot soupire, replie le journal, sirote la dernière goutte de café saturée de sucre et contemple pensivement le fond de sa tasse.

— Vous n'auriez pas un peu de goutte pour finir mon sucre, par hasard ?

Josette Ba a quitté depuis ses vingt ans son Cameroun natal ; elle en sait long sur les mœurs normandes après presque quarante ans passés au Havre.

— Pas de calva ici, ni aucun autre alcool. Comment pouvez-vous avoir le cœur à boire de l'eau-de-vie avec tout ce qui se passe ?

Dans les yeux bleus de Christophe Bertot passe un bref nuage d'incompréhension. Il ne saisit pas le rapport. Qu'est-ce que la goutte aurait à voir avec la mort de Tom, le trafic de drogue et la fugue de Roseline ? Il ne cherche pas à creuser, déjà les horsains blancs ne comprennent pas tout aux Normands, alors une noire... Il ne faut pas s'attendre à ce qu'elle perçoive l'esprit subtil de la goutte. Il hausse les épaules.

— Et le petit, comment va-t-il ? Vous l'avez vu aujourd'hui ?

Le petit, c'est Victor. Mme Ba l'a bien compris, ça.

— Depuis qu'il est rentré hier, il a passé tout son temps à dormir.

— Roseline, elle a donné des nouvelles ? demande encore Bertot.

— Elle m'a téléphoné hier quand elles sont arrivées au Havre et ce matin encore. Elle emmène la petite à la plage. Olga réclame Poupoune, « Geo'ges » et son papa.

Josette Ba sent l'émotion lui saisir la poitrine et les larmes lui venir. Elle renifle à temps.

— Elle n'a pas voulu lui parler, vous savez. Et pas parce qu'il dormait. Je n'ai pas osé insister, c'est trop tôt.

— Vous êtes une brave femme, Josette, bien compatissante, approuve Bertot. Il pose même sa main sur celle, tremblante, de Mme Ba qu'il caresse doucement.

Elle la retire vivement. N'aurait-il pas dit « appétissante » plutôt ? Un silence gêné suit ces effusions. Bertot le rompt en jouant une marche militaire avec sa tasse vide sur la toile cirée. Il n'a pas l'air de vouloir partir. Ça commence à agacer Josette Ba. Elle a un peu de ménage à faire, elle voudrait aussi se reposer car sa cure la fatigue.

— Et lui, il ne vous a rien dit ? demande bientôt le tonton.

A-t-elle le droit de dévoiler un secret qui n'est pas le sien ? Elle dit pourtant :

— Il a craqué, le pauvre garçon. Il sanglotait dans mes bras comme un tout petit. Voir un homme dans cet état, je vous jure que ça bouleverse.

Madame Ba pose sa main sur son abondante poitrine pour caresser un cœur dolent et renifle de nouveau.

— Et alors ?

— Je lui ai donné une double dose de somnifère. Il avait absolument besoin de dormir à la suite de toutes ses épreuves.

— Je ferais pas tout ce tintouin, si Marie-Louise me quittait, pour sûr.

— Ce n'est pas ça seulement !

Elle en a trop dit. Elle ira jusqu'au bout maintenant. Et même si elle ne veut plus, il lui tirera les vers du nez.

— Et c'est quoi, crénom ?

— Il est allé trouver l'autre, hier, de dépit après que Roseline est partie.

— L'autre ? La gendarmette ? Ah bon?

— Il est revenu, il était encore plus pâle qu'avant de partir. Je me suis inquiétée. « Qu'est-ce qui vous arrive, Victor »? J'y ai demandé. « Oh, Josette, si vous saviez ? » i' m'a fait. « Si je savais quoi ? » j'y ai fait à mon tour. « Alison J.

Celerier... » il a dit. « Eh bien quoi ? » j'y ai fait. « C'est une hermaphrodite, une vraie, complète. Le J. dans son nom, c'est pour Jeannot. Je ne sais plus où j'en suis, Josette, c'est affreux. »

Christophe Bertot est resté silencieux, abasourdi. C'est un artisan lettré. Ce qu'il entend, il le comprend mais c'est tellement inattendu qu'il a du mal à l'admettre sur-le-champ. Une partie de lui-même s'y refuse. Il demande confirmation.

— Hermaphrodite, comme un escargot ?

— Comme un escargot, un gros, acquiesce madame Ba en écarquillant les yeux pour appuyer son propos.

— Vingt dieux ! s'exclame le grand-oncle. Dire qu'il y en a qui se plaignent que les femmes, c'est compliqué ! Eh bien, qu'ils viennent voir par ici !

Épilogue

Le double effet qui coule

Un lac sans eau, c'est comme l'orbite d'un œil énucléé : ça écœure et ça fascine à la fois. Et dans le cas d'un lac, on voit enfin dans le trou aveugle ce qu'il y a derrière la surface aqueuse si séduisante l'été : une cuvette pleine de merde. Le lac de Bagnoles-de-l'Orne, qui vient d'être vidangé, ne déroge pas à la règle. Son fond est tapissé de matières plastiques, biologiques, énigmatiques, toutes engluées dans une bouillasse marron-vert qui répand sa puanteur sur toute la ville. On a peine à imaginer ce que les gens y ont perdu ou, pire, y ont jeté. C'est devenu une curiosité. Et on vient de loin pour voir ça. Sait-on jamais, on retrouvera peut-être le dentier perdu de mémé, la gourmette en or du petit —coulée le jour de la communion, quel imbécile !— ou un objet qu'on n'a pas osé demander aux objets trouvés.

— Ah ! mais oui ! C'est souvent qu'on voit des cadavres par ici, ces derniers temps !

Le chauve à lunettes mal rasé qui parle à Jean-Luc de la Battellerie, journaliste d'une revue nationale renommée, c'est Eugène Saint-Ernier *alias* Gégène, vingt ans de tour du lac, un vétéran de la grande boucle à la cloche.

— Mon copain Tom, on l'a trouvé à l'autre bout du lac. Tom, c'était un poète, il regardait vers la campagne, même mort. Celui-là, il regardait vers la ville.

Le nouveau corps de noyé, Gégène a été le premier à l'apercevoir. À force de surveiller la descente des eaux à chaque recoin du bassin, il l'a trouvé au bout du tunnel au-dessus duquel passe la route, contre la grille qui sépare le lac de la Vée. Il suffisait de se pencher à l'entrée, on le voyait bien parce qu'à mesure que les eaux baissaient, le soleil éclairait cette partie. Au début, c'était une touffe noire collée à la grille, pas bien nette pour de la mousse. Gégène est revenu le lendemain, il a d'abord pensé à un chat mort, puis on a vu le front du type et l'arête de son nez. Le reste est apparu progressivement, comme Mitterrand, à la télé, le soir des présidentielles. Il a quand même mis quelques heures à dérouler son visage mortifié. « C'est plus lent qu'à la télé, a dit Gégène, mais j'avais le temps, j'ai plus la télé ». Le poivrot ajoute qu'il ne l'a pas reconnu immédiatement.

— Un mec tout marron virant au rouge, comme du vieux parchemin, genre indien. Tom était bleu Schtroumpf lui, à sa sortie du lac. Quand on est mort, on prend des couleurs, c'est pas vrai qu'on est livide. Dites-le bien dans votre canard.

La gendarmerie n'a pas tardé à se déplacer quand Saint-Ernier les a prévenus, par un coup de fil anonyme : « Y a un autre moribond au lac «, leur a-t-il dit, « mais le Gégène, quittez-le tranquille avec ça, hein ? Il a pas trempé dans cette histoire ».

Ils ont reconnu tout de suite sa voix à la brigade. Gégène s'est pourtant montré quand il a vu l'adjudant Alison J. Celerier sur place. Toute cette féminité sous un uniforme de flic, ça le trouble, le Gégène. Il ne comprend pas. Du temps où il était encore un homme sociable, employé de banque, avant son accident de travail, il en pinçait déjà pour les garçons. Cette fille, elle lui fait tout drôle.

La gendarmerie a eu vite fait de retirer le cadavre de l'eau mais on n'a pas pu contrôler les bruits et rumeurs qui ont de nouveau complètement électrisé la ville. Quand les médias parisiens ont débarqué avec Jean-Luc de la Battelerie en tête, Gégène est de nouveau sorti de son trou pour faire son beau.

Étrela, en convalescence sentimentale, n'était pas loin, essayant d'en finir avec les élucubrations de cette pédale de Marcel, dans son Proust aux éditions Bouquins, un œil sur les opérations.

Quelques jours plus tard, quand la ville s'est assoupie dans une torpeur d'été indien, alors que Gégène claudique pour un énième tour de lac, Alison Jeannot Celerier s'assoit timidement à côté du policier, sur son banc habituel, devant ce vide nauséabond. Ils parlent de choses et d'autres, pour éviter l'essentiel. Tous les deux vivent une parenthèse conjugale forcée. Ils sont attirés irrépressiblement l'un vers l'autre, surtout elle. Alison assume avec simplicité sa bisexualité naturelle. À la fois femme et homme, elle a de la chance, dit-elle parfois sarcastiquement : elle aurait pu être ni l'une ni l'autre, comme les anges. Cet inconnu-là captive et repousse Victor qui ne sait plus à quel saint se vouer. Alison voudrait savoir s'il osera venir ce soir encore. Lui se trouve incapable de prévoir comment il réagira devant sa porte. Roseline lui manque, Olga lui manque mais par moments, il ne peut pas se passer d'Alison. Aussi effrayante que délicieuse, cette présence androgyne l'attire autant qu'elle lui fait peur.

En dessous d'eux, une petite pelleteuse environnée de moucherons nettoie le fond de la cuvette en poussant en direction du parc les restes des détritus. Le cadavre réapparaît dans la conversation, naturellement. Un nouveau cadavre ? Étrela sait bien sûr, mais ça le laisse froid. Il y a déjà une belle désolation autour de lui, il n'a plus même l'option de se jeter dans le lac pour en faire un troisième. Trop tard. Pas envie de revenir au Havre non plus, où il n'est pas en odeur de sainteté. Roseline le tient encore à distance. Une visite infructueuse le lui a bien fait comprendre. Son chef, le commandant Khencheli, l'a mis à pied en attendant que l'*imbroglio* de Cæn soit démêlé, pour calmer l'irritation de ses collègues bas-normands.

Alors il est retourné à Bagnoles pour visiter son ancien patron au C.M.P.R. C'est dans ce centre de soins pour cabossés qu'on a placé Faidherbe. Il y trouve les traitements qu'il lui faut pour accompagner sa nouvelle croissance et la rémission de son mal. Le policier, par commodité, s'est réinstallé chez le grand-oncle où il est aux petits soins de la tante Marie-Louise et de Mme Ba qui, sa cure finie, a voulu rester au plus près de son protégé. Sa propre fille, mariée, un enfant, en a fait une crise de jalousie. Josette Ba n'a pas cédé. Régulièrement, Victor Étrela fait la conversation à Georges qui se réapproprie le langage. Le lieutenant réécoute l'intégrale de David Bowie, il s'est mis à l'équitation. Il ne se sent plus l'envie de repartir : comme si cette petite ville sans eau exerçait encore sur lui une force d'attraction étrange. Ou comme si tout n'était pas vraiment terminé.

— Ta brigade n'a pas trouvé de vélo ?

La question surprend Celerier. Le noyé lui semble un sujet plus important.

— Plusieurs même.

— Celui de Tom Pouque, un *Stablinski* ?

— Bien sûr. Tu ne l'as pas su ? s'étonne-t-elle. Les jeunes qui l'ont renversé ont reconnu avoir jeté son vélo abîmé dans le lac, puis quand le cadavre est remonté, avoir déposé un biclou de substitution chez lui. On le garde comme pièce à conviction, il porte les traces de la collision avec la voiture.

L'envie vient au lieutenant de demander à Alison si l'engin est un vélo ou une bicyclette. Une bouffée de provocation, une éruption de méchanceté gratuite dont il s'étonne aussitôt. Bien sûr qu'elle s'en offusquerait, comprenant l'allusion lourde. Du reste, Crampel avait mis le policier au courant de la récupération de la machine accidentée mais il n'ose pas non plus le lui dire. Il choisit le féminin pour sa question :

— Où ont-ils trouvé une bicyclette de remplacement ?

— La bécane, ils n'ont eu qu'à se servir, elle traînait abandonnée au bord du lac. Tu ne voudrais pas savoir plutôt qui est le type retrouvé dans le passage.

— Je sais : Delmence Papalegba.

— Tout juste, mon petit lieutenant. On ne sait pas comment il en est arrivé là. Quelques contusions au coude et aux genoux, c'est tout. Il s'est peut-être traîné un moment là-dessous, en direction du lac, puis il est mort bêtement contre la grille, du cœur. Ce dont on est sûr, c'est que sa mort remonte aux premiers jours de juillet.

— Tiens ! J'aurais pu y assister, commente Étrela.

Lancée, Alison apporte des précisions :

— Lors de sa crise cardiaque, le bonhomme serrait les dents à se briser les mâchoires. Crainte d'avaler de l'eau aussi : Delmence Papalegba ne buvait que du punch. Il était méchamment alcoolisé, ça n'a pas dû arranger son affaire. Et il y a un truc bizarre aussi.

— Ah ? Lequel ?

— Dans sa bouche, on a retrouvé une bande de papier déchiré.

— Ah ? C'était quoi ? Le ticket de sa bouteille de rhum ?

— Non, un morceau de page d'un livre, avec des bouts de texte encore lisibles. Ça t'intéresse?

— Dis toujours, ça passera le temps.

— « Mais laisse-le là où il est, il n'est plus là pour nous embêter. Crois-tu qu'il pleurnicherait (...) s'il te voyait là... »

Alison regarde le lac. Ces mots lui font penser à son copain infidèle. Toute cette boue aussi.

Dans le ciel passe un vol de canards désorientés qui cherchent leur point d'eau habituel.

Étrela baisse la tête sur son Proust. Le haut de la tranche est encore rougeâtre, résultat de la chute du livre, deux mois auparavant. Il croyait que les fleurs de géranium l'avaient taché, eh bien non.

Il ouvre le volume page 148, au morceau manquant. Le texte colle parfaitement comme une pièce de puzzle.

Le film complet de la scène se déroule alors dans l'esprit du policier : ce mercredi-là qui a suivi leur arrivée, le 7 juillet précisément, Faidherbe lance le livre hors de l'habitacle du *Scénic*. Ce livre heurte un cycliste passant sur son vélo rouge, à contresens, bouche ouverte. C'est Papalegba. Celui-ci, frappé au visage, mord une page du livre. Le vélo cogne le parapet puis s'affale lamentablement. Papalegba, fin soûl et déséquilibré, tombe dans le fossé, et roule jusqu'à la rivière. Chute idiote, choc fatal, crise cardiaque. Et Étrela réalise qu'il s'est baladé plus tard dans Bagnoles avec ce vélo à la main sans le reconnaître ni se douter de ça ! L'esprit en vacances, tiens ! Policier à la manque. Une distraction inavouable.

Le lieutenant relève la tête, pâle. Il comprend que son ex-commandant, Georges Faidherbe, même diminué, avait tout senti, mieux : il avait donné le premier coup de pied dans la fourmilière, le coup d'envoi de la traque aux trafiquants de drogue bagnolais.

— « ... s'il te voyait là, la fenêtre ouverte, le vilain singe. » *À la recherche du temps perdu,*

Du côté de chez Swann, Marcel Proust, Collection Bouquins, page 148, murmure Étrela.

— Hein ? Qu'est-ce que tu susurres là ? demande Alison, sortie de son propre songe.

Elle pose sa main sur celle de Victor Étrela.

— Rien, c'est la suite du texte et la fin.

— Pas pour nous, mon petit lieutenant.

En lui disant ça, elle a le regard ardent d'un ange qui plonge en piqué vers l'Enfer, avec délice.

Table des chapitres

Ch. 1. *Vole, Marcel !* 7
Ch. 2. *Le tour de lac et le pompon* 12
Ch. 3. *Son truc en plumes* 15
Ch. 4. *En vaudou, en voilà* 20
Ch. 5. *Ça fait rire (jaune) les canards* 22
Ch. 6. *La mère découragée* 29
Ch. 7. *La vieille dame a de la sympathie pour les vieux démons* 36
Ch. 8. *Viens, Poupoune. Viens, Poupoune. Viens* 44
Ch. 9. *« Micheline, lézard, quel panard, Viaducs, rivières, tout l' bazar » (Alain Souchon)* 52
Ch.10. *À l'ombre des jeunes filles sans mœurs* 62
Ch. 11. *La gendarme rit* 72
Ch. 12. *L'été, la roupie...* 79
Ch. 13. *Capitaine Crampel, Celerier crampon* 85
Ch. 14. *C'est l'ordalie, l'or d'Ali de l'eau, Dali de L'Orne ...* 92
Ch. 15. *Le caïman, la grenouille et le dodo* 97
Ch. 16. *Galipote et galipettes* 103
Ch. 17. *Sans commentaire* 107
Ch. 18. *Que la lumière soit sur Papalegba* 114
Ch. 19. *Deux amours de schwein* 119
Ch. 20. *Chez Goupil, un nain roux* 129
Ch. 21. *Une mémoire de trou de tombe* 132

Ch. 22. *Les Fab faux* — 142
Ch. 23. *Déprimants aveux* — 147
Ch. 24. *French Caen-caennexion* — 154
Ch. 25. *À se bidonner* — 174
Ch. 26. *Touche du singe, ça te portera chance* — 184
Ch. 27. *Effets de seins sur la poire* — 190
Ch. 28. *Prends garde au Contador...* — 193
Ch. 29. *La curée des curistes* — 198
Ch. 30. *Quand on partait sur les chemins, à cyclodraisienne...* — 207
Ch. 31. *Affaires de cœurs en rémoulade* — 218
Ch. 32. *Petit baroud d'honneur* — 226
Ch.33. *Deux cochons chez les nudistes* — 239
Ch.34. *Faut pas prendre les canards sauvages pour des enfants du bon Dieu* — 244
Ch. 35. *Basse bande* — 253
Épilogue. *Le double effet qui coule* — 260

Du même auteur :

Clou d'éclat à Étretat, 2007

Yport épique, 2008 / *Yport épique et Fécamp gourou*, 2022.

Un Havre de paix éternelle, 2010

Les Dames mortes, 2010

La Mort monte en Seine, 2011 / *La Mort mise en Seine*, 2024.

La Main noire, 2013.

Satanic baby ! 2015

Le Baiser du Canon, 2016, Prix Rouen Conquérant 2017.

Ici reposait... Meurtre au Monumental, 2019.

La Fille dans l'arbre, Man éditions, 2022

New York Doll, la Poupée new-yorkaise, Man éditions, 2024.

Pour en savoir plus, rendez-vous aux adresses suivantes :
http://robertvincent.canalblog.comhttps://www.facebook.com/robert.vincent.5872